梅庆吉 编著

历代诗人笔下的牡丹

国色天香

GUOSE TIANXIANG

大连出版社
DALIAN PUBLISHING HOUSE

图书在版编目（CIP）数据

国色天香：历代诗人笔下的牡丹／梅庆吉编著. --大连：大连出版社，2010.10

ISBN 978-7-80684-492-2

Ⅰ.①国… Ⅱ.①梅… Ⅲ.①古典诗歌—作品集—中国 Ⅳ.①I222

中国版本图书馆CIP数据核字（2010）第195350号

出 版 人：刘明辉
策划编辑：刘晓媛
责任编辑：刘晓媛
封面设计：张 金
版式设计：刘晓媛
责任校对：金 琦
责任印制：阎 骋

出版发行者：大连出版社
地址：大连市西岗区长白街10号
邮编：116011
电话：0411-83620674/83620941
传真：0411-83610391
http://www.dl-press.com
E-mail:cbs@dl.gov.cn
印 刷 者：大连图腾彩色印刷有限公司
经 销 者：各地新华书店

幅面尺寸：170mm×235mm
印 张：13
字 数：180千字
印 数：1～3500册
出版时间：2010年10月第1版
印刷时间：2010年10月第1次印刷
书 号：ISBN 978-7-80684-492-2
定 价：42.00元

目录

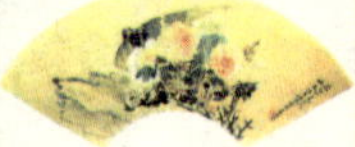

白牡丹

[唐]裴士淹[1]

长安少年惜春残，争认慈恩紫牡丹[2]。
别有玉盘承露冷[3]，无人起就月中看。

【难点疏通】

①裴士淹：开元末年人，曾经当过郎官。余不详。 ②慈恩：即慈恩寺，位于陕西西安南郊，始建于隋开皇九年(589)，初名无漏寺。唐贞观二十二年(648)，皇太子李治为其母文德皇后追荐冥福而扩建为大慈恩寺。玄奘奉敕由弘福寺移居此寺为上座并主持翻经院，翻译佛经。永徽三年(652)，玄奘奏请于寺内建贮存佛经的大雁塔。为中国佛教法相宗的祖庭。 ③玉盘：此指洁白的牡丹花。

【诗义解说】

长安少年珍惜快要过去的春天，争先恐后到慈恩寺观赏紫牡丹。另有洁白如玉的白牡丹承受着寒冷的露水，没有人半夜起来在月光下观看。

五代·徐熙《玉堂富贵图》

徐熙，五代南唐杰出画家。江宁（今南京）人。一作钟陵（今江西进贤）人。出身于江南名族。生于唐僖宗光启年间，后在开宝末年(975)随李后主归宋，不久病故。一生未官。性情豪爽旷达，志节高迈，善画花竹林木，蝉蝶草虫，其妙与自然无异。图中牡丹、玉兰、海棠、杜鹃布满全幅，用石青衬地。枝叶花鸟，用墨笔勾出轮廓，然后敷以彩色，湖石下还绘了一只野禽。这种满纸点染、不留隙地的画法，显然受了佛教艺术的影响。

红牡丹

[唐]王维[①]

绿艳闲且静[②]，红衣浅复深[③]。
花心愁欲断，春色岂知心。

【难点疏通】

①王维(701～761)：字摩诘，祖籍山西祁县，唐朝诗人，精通佛学，外号“诗佛”。今存诗四百余首。诗书画都很有名，精通音乐，多才多艺。山水田园诗与孟浩然齐名，人称“王孟”。 ②绿艳：指牡丹的叶子茂盛。 ③红衣：指牡丹红色花瓣。

【诗义解说】

绿色的叶子安闲而且宁静，红色的花朵有的浅有的深。忧愁的花心好像肝肠欲断，春天的颜色哪里知道它的心情。

南宋·佚名《百花图卷》

此图绘四季花卉五十多种，主要有梅花、山茶、牡丹、百合、芍药、海棠等，花间分别点缀禽鸟、蜻蜓、蝴蝶、蜜蜂、小鱼，颇具生机和情趣。图中花卉和动物，都用细线勾描，用浓淡墨色多层晕染，花的娇态、层次，叶的筋脉、转折、凹凸刻画都很细腻。全图用笔工细，于单纯中求丰富，统一中求变化，使画面具有秀雅之美。这里所选为牡丹一段。

清平调词三首之一[1]

[唐]李白[2]

云想衣裳花想容，　春风拂槛露华浓[3]。
若非群玉山头见[4]，会向瑶台月下逢[5]。

【难点疏通】

①清平调：是乐曲宫调中的一种调名。此三首诗李白作于在长安供奉翰林时。当时唐玄宗与杨贵妃在兴庆宫沉香亭赏牡丹，李白奉命而作。　②李白(701～762)：字太白，祖籍陇西成纪（今甘肃天水）。少时居住四川，读书学道。二十五岁出川远游，曾西入长安求取功名，失意而归。后奉诏入京，供奉翰林，不久受谗言出京，漫游各地。安史之乱起，加入永王李璘幕僚，后来永王为唐肃宗所杀，因受牵连而流放夜郎。遇赦东归，投奔族叔当涂（今属安徽）县令李阳冰，不久病逝。他因写诗而闻名，被称为“诗仙”。　③槛：栏杆。　④群玉山：神话传说西王母居住的地方。　⑤瑶台：西王母所居宫殿。

【诗义解说】

看见云彩想起她的衣裳，看见花想起她的容貌，春风吹拂着栏杆，露水很浓。如果不是在群玉山头看见，那也会在瑶台的月下相逢。

南宋·佚名《盥手观花图》

图绘三位仕女，一云鬟金饰，宫帔华裳，锦裙晓装，正在洗手。旁立侍女捧金盆，身后立侍女手持长柄宫扇。洗手仕女边洗手边回头观看，把视线引向案前小方几上古铜瓶中插着的牡丹。案上摆放着典雅的器具，仕女身后设有步障，障外有丛竹、花草、树木点缀。整个画面布置秀美典雅，用笔精细，人物描绘、运笔、敷色都很有特色。

清平调词三首之二 [唐]李白

一枝红艳露凝香，　云雨巫山枉断肠[1]。
借问汉宫谁得似？　可怜飞燕倚新妆[2]。

【难点疏通】

①云雨巫山：据宋玉《高唐赋》和《神女赋》，宋玉陪楚襄王游高唐，讲述从前楚怀王遇神女事。其女临去时说："妾在巫山之阳，高丘之阻。旦为行云，暮为行雨，朝朝暮暮，阳台之下。"此指神女朝云暮雨，往来飘忽，让人白白地伤神。　②飞燕：即赵飞燕，西汉成帝的皇后，体轻如燕。

【诗义解说】

一枝红艳的花朵凝结着清香，巫山上云来雨去让人徒然断肠。想问一问跟汉宫里的哪个人相似，可爱的赵飞燕还得靠艳丽的新妆。

南宋·佚名《牡丹图》

此图为一团扇形，上绘一朵硕大艳丽的牡丹，鲜亮夺目。左右有数片绿叶点缀，花萼清晰可见。花瓣用笔工细，设色浓厚。叶的正反转折、花的层次形态，都刻画得入木三分。构图丰满，主次分明，充分表现了花中之王的雍容华贵。

清平调词三首之三 [唐]李白

名花倾国两相欢①，长得君王带笑看。
解释春风无限恨②，沉香亭北倚阑干③。

【难点疏通】

①名花：指牡丹。倾国：指杨贵妃。汉·李延年《佳人歌》：“一顾倾人城，再顾倾人国。”后以“倾国倾城”比喻美女。 ②解释：消除。 ③阑干：栏杆。

【诗义解说】

名花牡丹美女杨贵妃都让人欢欣，使得君王长时间地带笑观看。消除了春风无限的怨恨，在沉香亭北倚靠着栏杆。

南宋·李嵩《花篮图》

李嵩(1166～1243)，南宋钱塘（今杭州）人。出身贫寒，年少时曾以木业为业。好绘画。被官廷画家李从训收为养子，承授画技，终成一代名家。光宗、宁宗、理宗三朝画院待诏，时人尊之为“三朝老画师”。图绘竹篮编织得十分精巧，里面放满了各色鲜花，有牡丹、秋葵、栀子、百合、玉兰、石榴等，小小的花篮折射出繁花似锦的景色——美丽、多样、蓬勃、朝气，让人看了之后感到十分亲切，画家对自然、生命的热爱和关注亦跃然纸上。画幅虽然不大，但是描绘得细腻具体，线条富有表现力，敷色艳丽雅致，构图稳定饱满。

牡丹

[唐]柳浑[1]

近来无奈牡丹何，数十千钱买一颗。
今朝始得分明见，也共戎葵不校多[2]。

【难点疏通】

①柳浑：字夷旷，一字惟深，本名载。襄州人。天宝初进士及第。大历年间累官至尚书右丞。贞元三年，以兵部侍郎同中书门下平章事。　②戎葵：蜀葵的别名。不校多：差不了许多。

【诗义解说】

近来真是对牡丹没有办法，数十千钱才能买到一棵。今天早晨才看得十分明白，也就跟蜀葵差不了许多。

元·王渊《牡丹图》

王渊，字若水，号澹轩，一号虎林逸士，生卒年不详。杭州人。幼习丹青。花鸟画先勾勒后皴染水墨，浓淡深浅，极有韵致，得写生之妙。人物注重线条勾勒，不讲究墨彩渲染，史称自成风韵。尤精花鸟竹石，天机溢发，肖古而不泥古。此图为折枝牡丹，横斜出枝，叶茂花媚。花梗用勾勒染墨法，花蕾与花朵用细笔精勾，淡墨轻染，布局平衡有韵致，生动细致。

咏牡丹赠从兄正封 [唐]李益[1]

紫蕊丛开未到家，却教游客赏繁华。
始知年少求名处[2]，满眼空中别有花[3]。

【难点疏通】

①李益(748～829)：字君虞，凉州姑臧（今甘肃武威）人。广德二年(764)随家迁居洛阳。大历四年(769)进士，授华州郑县（今陕西华县）尉。多次从军边塞，脱离军府后漫游江淮，入长安历任中书舍人、集贤殿学士、右散骑常侍、礼部尚书等职。中晚唐重要诗人，尤以七言绝句和边塞诗著称。有《李君虞诗集》。　②求名处：指进士题名处。唐·李肇《国史补》："唐进士自是龙以来，杏园宴后，皆于慈恩寺塔题名。"　③别有花：指杏花园中的杏花。唐进士题名后均游宴于杏园。杏园与慈恩寺南北相邻。后二句指李正封追求的不是牡丹，而是杏园中的杏花，即进士功名。

【诗义解说】

紫色牡丹开的时候还没有到家，却跟着游客欣赏盛开的鲜花。才知道年轻人追求的是进士题名的地方，满眼望去那里另有别的花。

明·吕纪《牡丹锦鸡图》

吕纪(1477～?)，字廷振，号乐愚。鄞（今浙江宁波）人。以画被召入宫，值仁智殿，授锦衣卫指挥使。擅花鸟、人物、山水，以花鸟著称于世。图绘一棵老梅屈曲上扬，梅花绽开。一只锦鸡栖于干上回首理羽，另一只在树下低头觅食，梅枝上还栖息着数只禽鸟。梅树两旁有丛竹及盛开的牡丹、山茶、月季、水仙，虽是初春，却已生机盎然。花鸟用笔工致，花卉都用双勾填彩法。此图堪称吕纪代表作。

题所赁宅牡丹花 [唐]王建[①]

赁宅得花饶[②]，初开恐是妖[③]。
粉光深紫腻，肉色退红娇[④]。
且愿风留著，惟愁日炙焦。
可怜零落蕊，收取作香烧。

【难点疏通】

①王建（约767～约830）：字仲初，颍川（今河南许昌）人。四十岁以后“白发初为吏”，任县丞、司马之类，世称“王司马”。写了大量的乐府，同情百姓疾苦，与张籍齐名。又写过宫词百首，是研究唐代宫廷生活的重要材料。他还写过一些小词，别具一格。 ②饶：多。 ③妖：指花开得过分艳丽。 ④退红：粉红色。

【诗义解说】

租的一处房子里长着许多花，刚开的时候担心它是妖。粉光闪闪紫色深深十分细腻，红色退后变成粉色十分娇好。但愿春风能够把花留住，让人犯愁的是太阳天天炙烤开始变焦。可怜的是到处飘零的花瓣，我把它们收集起来当香来烧。

明·吕纪《四季花鸟图·夏》

图绘河岸边山石壁立，一株玉兰呈“S”形生长，上破画面，枝繁叶茂。树下数朵牡丹正在盛开，花团锦簇。水中一对鸳鸯在悠闲地嬉戏，树上一对黄鹂正亲密地絮语。整幅画色彩艳丽，用笔工细，写出了夏季那种欣欣向荣的景色。

闻王仲周所居牡丹花发因戏赠

[唐]武元衡[1]

闻说庭花发暮春[2]，长安才子看须频[3]。
花开花落无人见，借问何人是主人。

【难点疏通】

①武元衡(758～815)：字伯苍。缑氏（今河南偃师东南）人。武则天曾侄孙。建中四年(783)登进士第，累辟使府，至监察御史，后改华原县令。德宗召授比部员外郎，岁内三迁至右司郎中，寻擢御史中丞。顺宗时罢为右庶子。宪宗即位复前官，进户部侍郎。元和二年拜门下侍郎平章事，寻出为剑南节度使。元和八年，早朝时被平卢节度使李师道遣刺客刺死。赠司徒，谥忠愍。有《临淮集》十卷。　②暮春：晚春。　③看须频：一次又一次来看。

【诗义解说】

听说院子里的花在晚春开始盛开，长安的才子应该一遍遍前来观看。可是花开花落都没有人看见，请问到底谁是这里的主人？

明·吕纪《鸳鸯图》

图绘岸边壁立的山石下盛开着菊花、牡丹等鲜花，从峭壁上伸出一枝桂花，白色小花迎风怒放。树上落着几只小鸟，正吃惊地面朝一个方向看去，好像发现了什么目标。最引人注目的是水边的两只鸳鸯，一只游戏在水中，回头向岸上的另一只打招呼，站在石上的另一只鸳鸯正欲跳入水中。山石用笔气势磅礴，几只小鸟用笔细腻，各色花朵色彩鲜艳，整幅画面充满着热烈的夏日气氛。

赴东都别牡丹①

[唐]令狐楚②

十年不见小庭花，紫萼临开又别家。
上马出门回首望，何时更得到京华③。

【难点疏通】

①东都：唐时洛阳为东都。　②令狐楚(766或768～837)：字壳士。宜州华原（今陕西耀县）人，先世居敦煌(今属甘肃)。贞元七年(791)登进士第。宪宗时擢职方员外郎，知制诰。出为华州刺史，拜河阳怀州节度使。入朝为中书侍郎，同平章事。后为山陵使，因亲吏赃污事贬衡州刺史。逝世于山南西道节度使任上。谥文。　③京华：京城，此指长安（今陕西西安）。

【诗义解说】

十年没有看见小院里的花开，紫色花朵快开的时候又离开了家。骑上马走出门去又回头看看，不知道什么时候再回到京华。

明·唐寅《牡丹图》

唐寅(1470～1523)，字伯虎，又字子畏，号六如居士。吴县（今苏州）人。弘治十一年(1498)举应天解元。后应进士试，因科场案被革黜。秉性疏朗，任逸不羁。画以人物最为著名，但山水、楼观、花鸟也无不臻妙，自成一格。此图绘几枝折枝牡丹，牡丹有的盛开，有的含苞欲放，枝叶繁茂，争奇斗艳。图中花枝及叶子均用没骨法，花枝用淡墨一笔点画，叶的正反偃仰、花的娇态刻画都恰到好处。用笔灵活秀逸，寓意深邃。

戏题牡丹

[唐]韩愈①

幸自同开俱隐约②，何须相倚斗轻盈。
陵晨并作新妆面③，对客偏含不语情。
双燕无机还拂掠④，游蜂多思正经营。
长年是事皆抛尽，今日栏边暂眼明。

【难点疏通】

①韩愈(768～824)：字退之，河阳（今河南孟州）人，祖籍河北昌黎，世称“韩昌黎”。晚年任吏部侍郎，又称“韩吏部”。谥文，又称韩文公。是唐代古文运动的倡导者，苏轼称他“文起八代之衰”，明人推他为唐宋八大家之首，与柳宗元并称“韩柳”。②隐约：不明显。 ③陵晨：即“凌晨”，一早。 ④无机：没有目的，没有打算。

【诗义解说】

庆幸的是一同开花但还都不很明显，何必相互倚靠在一起比谁更加轻盈。清晨都开出了新的花朵，对着客人偏偏有一种欲言又止的表情。两只燕子没有什么目的从花上掠过，游动的蜜蜂正在思考采蜜的最佳环境。把多年不快的事情全部抛在脑后，今天在栏杆边上眼前暂时现出一片光明。

明·陈道复《牡丹图》

陈道复(1483～1544)，初名淳，字道复，后以字行，改字复甫，号白阳山人，长洲（今江苏苏州）人。擅画花卉，笔致放逸，自成面目。后世称其与徐渭为“青藤白阳”。山水亦佳，工书法，善诗文。自小天资颖异，凡经学、古文、诗词、书法，无不精研通晓。在绘画上也极具天赋，下笔不凡。此图为局部，以随意点染的写意笔法绘牡丹数株，用笔清新活泼，构图错落有致。牡丹中间穿插着几块巨石，为牡丹设置了稳定的背景。

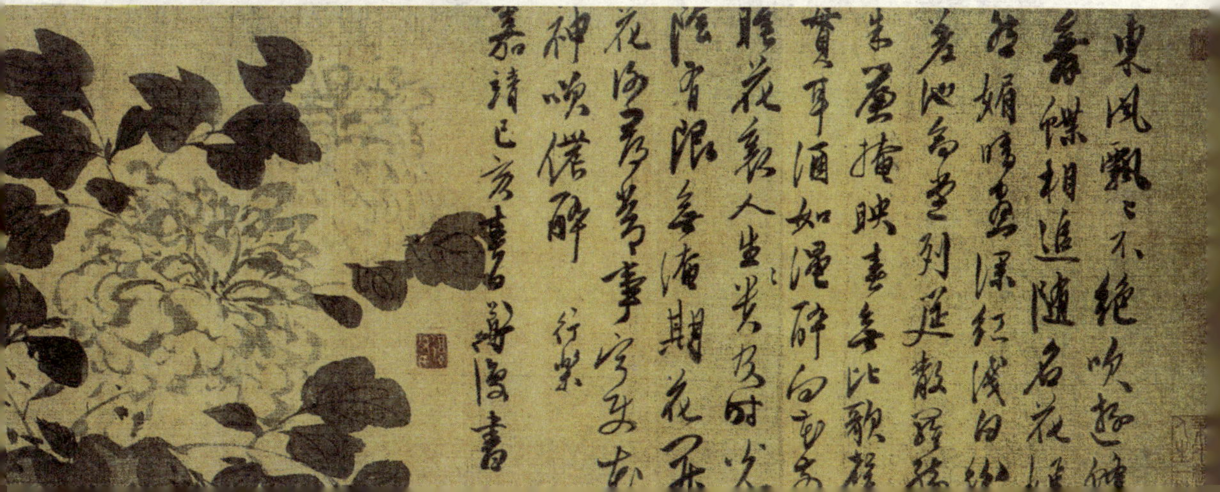

牡丹

[唐]薛涛①

去春零落暮春时，泪湿红笺怨别离。
常恐便同巫峡散②，因何重有武陵期③？
传情每向馨香得，不语还应彼此知。
只欲栏边安枕席，夜深闲共说相思。

【难点疏通】

①薛涛(约768～832)：唐代女诗人，字洪度。长安（今陕西西安）人。父死家贫，十六岁入乐籍，脱乐籍后终身未嫁，定居成都浣花溪。姿容美艳，性敏慧，八岁能诗，洞晓音律，多才艺，声名倾动一时。德宗贞元中，剑南西川节度使韦皋曾拟奏请朝廷授以秘书省校书郎的官衔，格于旧例，未能实现，但人们往往称之为“女校书”。 ②巫峡散：像巫山神女与楚怀王那样短暂相聚很快分手。 ③武陵期：指陶渊明《桃花源记》武陵打鱼人发现桃花源事。

【诗义解说】

去年百花凋零的暮春时节，泪水滴在笺纸上抱怨着与花别离。常常担心像巫山神女与楚怀王那样很快分手，因为什么重新见到之后就像武陵人发现桃花源那样欣喜？淡淡的清香传递着深深的情义，不用言语表达也彼此皆为知己。只是想在栏杆边放上枕席，夜深以后悠闲地述说相思的情义。

明·陈道复《墨花八种图》

此图绘有绣球、栀子、兰花、牡丹、桃花、瑞香、月季、玉兰等八种花，全部使用淡墨勾花，笔意清隽洒脱，点叶浓淡相间，重墨勾筋，全幅作品淡而有意，韵味无穷。卷末作者自题：“墨花八种皆春荣者，盖花事之盛至春为极，而王孙士女必于此骋其骄逸。庚子三月望前，余偶自山行还舍，适淑景满郊陌间，而人意亦颇靡靡，然顾筋力亦衰迟甚矣，遂检素卷写此。”此处所选为局部。

赏牡丹

[唐]刘禹锡[1]

庭前芍药妖无格[2]，池上芙蓉净少情[3]。
唯有牡丹真国色[4]，花开时节动京城。

【难点疏通】

①刘禹锡(772～842)：字梦得，洛阳人。唐代文学家、哲学家。贞元九年进士，后又登宏词科和吏部取士科，授太子校书，从此走上仕途。贞元二十一年（当年八月改元永贞）因参与王叔文改革，失败后贬为连州（今广东连县）刺史，再贬朗州（今湖南常德）司马。从此经历了二十二年的贬谪生涯。诗歌与白居易齐名,世称“刘白”。 ②无格：没有骨干。芍药与牡丹极为相似，但为草本，又称“草本牡丹”，故称无格。格，骨干。③芙蓉：荷花的别名。 ④国色：对牡丹的美称。

【诗义解说】

庭前的芍药妖娆艳丽却没有骨干，池中的荷花清雅洁净却缺少情韵。只有牡丹才是真正的天姿国色，到开花的季节惊动了整个京城。

明•陈道复《花卉图册》

此册共八开，分别绘水仙、松树、栀子、荷花、梅花、牡丹、石榴、秋葵等。这里选的是牡丹一开。所绘为折枝牡丹，淡墨绘花瓣，淡雅而妩媚。叶子用淡绿渲染，深色勾筋。枝用墨一笔绘成。全图清新淡雅，颜色搭配合理。

思黯南墅赏牡丹①

[唐]刘禹锡

偶然相遇人间世，合在增城阿姥家②。
有此倾城好颜色，天教晚发赛诸花。

【难点疏通】

①思黯：牛僧儒的字。牛僧儒(780～848)，安定鹑觚(今甘肃灵台）人。德宗贞元二十一年(805)登进士。元和三年(808)以贤良方正对策。初为伊阙县尉，转河南尉，历监察御史、殿中侍御史、礼部员外郎等职。长庆三年(823)升任宰相。宝历元年(825)出为武昌节度使。大和四年(830)复召为相。后出任河南节度使、东都留守等职。武宗时李德裕当政，被贬循州长史。宣宗时召为太子少师。博学多闻，酷好文学，和白居易、刘禹锡经常往来唱和。 ②增城：古代神话中昆仑山上的高城。阿姥：即“阿母”，西王母。

【诗义解说】

偶然在人世间看到了这种鲜花，应该生长在昆仑山上的西王母家。有这样艳丽无比的好颜色，是上天让它开得晚而赛过诸花。

明·陈道复《牡丹图卷》

图绘牡丹长卷气势恢弘，朵朵牡丹，花大而美，穿插着欲开的蓓蕾，在绿叶的衬托下，更显得艳丽无比。间或点缀湖石，与牡丹交相辉映。所绘牡丹沉稳、优雅、雍容，色彩柔和，墨色层次细腻微妙。石用渲染，淋漓湿润。因此图的独特艺术魅力，题跋的名人雅士众多。此处所选为局部。

和令狐相公别牡丹①

[唐]刘禹锡

平章宅里一栏花②，临到开时不在家。
莫道两京非远别③，春明门外即天涯④。

【难点疏通】

①令狐相公：即令狐楚。别牡丹：参见第10页令狐楚《赴东都别牡丹》一诗。　②平章宅：即令狐楚宅。在长安开化坊，牡丹最盛。　③两京：即西都长安和东都洛阳。　④春明门：唐时长安城东有三门，中即春明门。令狐楚赴东都洛阳，从春明门而出。

【诗义解说】

平章宅里有一栏的牡丹花，临到快开的时候却没有在家。不要说两京离得不是很远，其实走出春明门就已经远在天涯。

明·陈道复《洛阳春色图》

几块湖石置于图的中部，牡丹则在左右及后部展开，以没骨法意笔绘出，花枝茂盛，花开艳丽，雍容典雅，点缀着欲开未开的花朵，显示出牡丹生长的层次。湖石用枯笔勾皴，淡墨晕染，色墨并用，疏爽秀逸，艳丽清新。

浑侍中宅牡丹

[唐]刘禹锡

径尺千余朵[①]，人间有此花。
今朝见颜色，更不向诸家[②]。

【难点疏通】

①径尺：直径有一尺。 ②诸家：别人家。

【诗义解说】

一尺直径的花有上千朵，人间竟有这样的花。今天看见了这样美好的颜色，就再也不用去别人家。

明·沈仕《花卉图册》

沈仕(1488～1565)，字懋学，一作子登，号青门山人，仁和（今杭州）人。工山水，风神气韵，高出流辈。花鸟亦佳。生平雅好诗翰，多蓄法帖名画，朝夕展玩，久之有得，援笔挥洒，殊胜专门，更入妙品。此卷所绘，均为没骨花卉，共分十段，每段均有行书题跋。设色艳丽，挥洒自如，如行云流水。这里所选为牡丹一段。

秋题牡丹丛

[唐]白居易[1]

晚丛白露夕，衰叶凉风朝。
红艳久已歇，碧芳今亦销[2]。
幽人坐相对，心事共萧条。

【难点疏通】

①白居易(772～846)：字乐天，号香山居士。原籍山西太原，祖上迁陕西渭南。历任翰林学士、江州司马、刑部侍郎、太子少傅等职。会昌二年(842)以刑部尚书致仕。新乐府运动的倡导者，感伤诗《长恨歌》《琵琶行》影响深远。常与刘禹锡唱和，时称“刘白”。又与元稹齐名，世称“元白”。 ②碧芳：指绿叶。销：枯萎。

【诗义解说】

傍晚白露浇在丛丛牡丹之上，早晨衰败的叶子在凉风中飘摇。红艳的颜色早已经凋落，绿色的叶子现在也已经枯焦。隐居的人面对着花丛而坐，心中的事情与眼前的景色一样萧条。

明·仇英《临宋人画册》（选一）

仇英(1498～1552)，字实父，一作实甫，号十洲，又号十洲仙史，太仓（今江苏太仓）人，移家吴县（今江苏苏州）。是明代有代表性的画家之一，与沈周、文徵明和唐寅被后世并称为“明四家”、“吴门四家”，亦称“天门四杰”。图绘一士人坐于榻上，背后巨大的屏风上画着一幅山水画，上挂一轴人物肖像画。左边一书童正在倒茶。周边的几上放着书籍、画轴、琴、古玩及香炉，士人正前方的台子上放一花盆，上插几枝牡丹，有红有白，正在盛开。画面典雅安静，充满书香气息，用笔工细，一丝不苟。

移牡丹栽

[唐]白居易

金钱买得牡丹栽，何处辞丛别主来①？
红芳堪惜还堪恨②，百处移时百处开。

【难点疏通】

①辞丛：辞别花丛。　②堪：值得。

【诗义解说】

用钱买来牡丹栽在庭院里，是从什么地方辞别主人到这里来？红艳的颜色让人爱惜也让人怨恨，栽到什么地方就在什么地方盛开。

明·仇英《人物故事图册·贵妃晓妆》

这组图册共十开，分别绘吹箫引凤、贵妃晓妆、捉柳花图、高山流水、竹院品古、松林六逸、子路问津、南华秋水、浔阳琵琶、明妃出塞等历史故事。这里选的是贵妃晓妆一开。图上着红衣者即为杨贵妃，正在晨起梳妆，一侍女捧镜，一侍女端着化妆品盘。庭院里有人在赏花，还有一侍女正在为花坪里的牡丹浇水。全图用笔精工，设色浓丽，形象秀美。衣纹用细劲流畅的铁线描，是作者的代表作。

惜牡丹花二首之一 [唐]白居易

惆怅阶前红牡丹①，晚来唯有两枝残。
明朝风起应吹尽②，夜惜衰红把火看。

【难点疏通】

①惆怅：心情不快。 ②明朝：明天早晨。

【诗义解说】

让人惆怅的是台阶前的红牡丹，到了晚上只剩下残枝上的两朵牡丹。明天早晨风起之后就会被全部吹落，因爱惜衰败的红花而点着灯火观看。

明•陈栝《写生游戏图》

陈栝，生卒年不详，约为明嘉靖时人，字子正，号沱江，江苏苏州人。陈淳的儿子。善画花卉，笔似其父。此卷从左至右，绘牡丹、兰花、玉兰、桃花、荷花、水仙等九种花卉，花间穿插飞燕、蝴蝶、鱼虾、鸳鸯等动物。花卉没骨、双勾兼用，鸟用意笔写出，生动活泼，野趣横生。这里所选为牡丹一段。

看浑家牡丹花戏赠李二十①

[唐]白居易

香胜烧兰红胜霞②，城中最数令公家。
人人散后君须看③，归到江南无此花。

【难点疏通】

①浑家：指浑瑊宅。据《两京城坊考》，浑瑊宅在朱雀街第四街大宁坊。浑瑊，唐朝著名将领。文中的“令公”指的也是他。李二十：即李绅，唐朝诗人。因排行二十，故称。 ②烧兰：古人通过燃烧兰草来散发香气，类似今天的烧香。 ③君：指李绅。

【诗义解说】

香气胜过烧兰红色胜过彩霞，城中开得最好的数令公家。等人们都散去以后你要认真地看，回到江南以后就没有这种花。

明·佚名《金盆捞月图》

图绘庭院里共有五人，两人为贵妇，三人为侍女。一贵妇坐在椅上，手持团扇，一侍女手捧金盆，另一贵妇双手放于水中，手托月亮。前有两只仙鹤，后有梧桐参天，牡丹菊花盛开。仕女造型工整，脸部圆润明艳，服饰华丽，勾勒线条流畅。

题开元寺牡丹

[唐]徐凝①

此花南地知难种，惭愧僧闲用意栽②。
海燕解怜频睥睨③，胡蜂未识更徘徊。
虚生芍药徒劳妒，羞杀玫瑰不敢开。
惟有数苞红萼在，含芳只待舍人来④。

【难点疏通】

①徐凝(约813～？)：分水柏山(今浙江桐庐县分水镇)人。初游长安，因不愿炫耀才华，没有拜谒诸显贵，竟不成名。唐元和中举进士，官至金部侍郎。后归故里，优游诗酒以终。 ②“此花”二句：唐·范摅《云溪友议·钱塘论》载，白居易在杭州当刺史时，派人寻找牡丹。独有开元寺的僧人惠澄在京师得到，开始在庭院栽植，牡丹花才开始在杭州种植。这时，正巧徐凝从富春来，看到牡丹，题了这首诗。白居易看到后，大为赞赏，与之同醉而归。惭愧：多谢，难得。 ③睥睨：斜着眼看。 ④舍人：古代称贵家子弟。这里为作者自指。

【诗义解说】

知道这种花在南方很难栽种，难得的是僧人无事认真地栽。海燕懂得喜爱不停地斜着眼看，胡蜂不认识在花上飞去飞来。白白生长的芍药徒然嫉妒，玫瑰感到羞愧不敢盛开。还有几朵红色的花骨朵存在，含着芬芳等待着舍人到来。

明·徐渭《花卉十六种图·牡丹》

徐渭(1521～1593)，字文长，号天池山人，晚年号青藤道士，或署名田水月。山阴（今浙江绍兴）人。少年屡试不第。中年以后任浙、闽总督胡宗宪幕僚，对当时军事、政治和经济多所筹划。晚年生活贫苦，以卖书画为生。诗文、戏曲著作丰富，中年以后开始学画，擅长画花鸟，兼能山水人物，水墨写意，气势纵横奔放，不拘绳墨。与陈道复齐名，并称“青藤白阳”。此图绘牡丹、杏花、兰花、忘忧草、石榴、芙蓉、海棠等十六种花卉。用笔酣畅，水墨淋漓。这里选的是牡丹一段。

牡丹二首之二 [唐]元稹[1]

繁绿阴全合，衰红展渐难。
风光一抬举[2]，犹得暂时看。

【难点疏通】

①元稹(779～831)：字微之，别字威明。洛阳人。八岁丧父，少贫贱。二十五岁登书判拔萃科，授秘书省校书郎。二十八岁列才识兼茂明于体用科第一名，授左拾遗。历任监察御史、膳部员外郎、祠部郎中、知制诰、中书舍人、尚书左丞等。创作以诗成就最大。与白居易齐名，并称“元白”，同为新乐府运动倡导者。 ②抬举：风把叶吹起。

【诗义解说】

浓绿的叶子都长到了一起，衰败的红花展露一下很难。只有风把叶子吹起的时候，才能暂时看到花的容颜。

明·徐渭《杂画卷·牡丹》

此幅图共分十一段，绘有青菜、鱼蟹、南瓜等花果蔬菜。所绘内容，不求形似，以狂草之笔、泼墨之法直接绘表现对象的精神。这里选的是牡丹一段。一枝牡丹，纯用墨渲染，风韵独绝。上有作者题诗一首：“五十八年贫贱身，何曾妄念洛阳春？不然岂少胭脂色，富贵花将墨写神。”

西明寺牡丹①

[唐]元稹

花向琉璃地上生②，光风炫转紫云英③。
自从天女盘中见④，直至今朝眼更明。

【难点疏通】

①西明寺：据《唐两京城坊考》，此寺在长安延康坊。 ②琉璃：为佛教七宝之一。佛教认为琉璃是千年修行的境界化身，将“形神如琉璃”视为是佛家修养的最高境界。这里指佛寺。 ③光风：雨止日出时的和风。紫云英：紫云一样的花朵。紫云，紫色的云，古以为祥瑞之兆。 ④天女：仙女。

【诗义解说】

花在佛寺的院子里生长，和风吹动着花朵像一片紫云。自从在仙女的盘中看见，到了今天早晨眼前更是一片光明。

明·徐渭《四时花卉图卷·牡丹》

此图用水墨写意笔法绘牡丹、芍药、葡萄、芭蕉、雪竹、梅花等多种花卉。全图打破了时空的概念，把春夏秋冬不同季节的花卉绘在一个画面上，十分具有文人画的意趣。笔墨灵活多变，有的用大写意，有的兼工带写，有的用留白烘托。笔法纵逸豪放，水墨淋漓，意境深远。这里选择的是牡丹一段。

赠李十二牡丹花片因以饯行[1]

[唐]元稹

莺涩余声絮堕风[2]，牡丹花尽叶成丛。
可怜颜色经年别[3]，收取朱栏一片红。

【难点疏通】

①李十二：据岑仲勉《唐人行第录》，疑是李二十之倒错，李二十，即唐代诗人李绅。 ②莺涩：莺的叫声不畅。 ③经年：一年以后。

【诗义解说】

莺的叫声渐渐稀少柳絮随着风飘，牡丹的花已经开尽叶子已经成丛。可怜的是美丽的颜色要等到来年才能再见，于是收起红色栏杆边的一片落红。

明·徐渭《杂画图卷·牡丹》

这幅长卷绘有牡丹、荷花、梧桐、南瓜、紫薇、葡萄等花卉、蔬果。作者随心所欲，任意挥洒，纵横奔放，神完气足，如一曲动人的交响乐从画面上幽幽传出。这里选的是牡丹一段。随意几笔，就勾勒出了生动的气韵。

僧院牡丹

[唐]陈标[1]

琉璃地上开红艳，碧落天头散晓霞[2]。
应是向西无地种[3]，不然争肯重莲花[4]？

【难点疏通】

①陈标：字、里、生卒年均不详，约唐文宗太和中前后在世。长庆二年(822)进士。终侍御史。所作诗，《全唐诗》存十二首。 ②碧落：天空。 ③向西：西方。 ④争肯：怎肯。

【诗义解说】

佛寺的院子里开出了红艳的鲜花，就像早晨天空散落的彩霞。大概是西方没有空地可以栽种，不然他们怎么会看重莲花？

明·徐渭《竹石牡丹图》

这幅牡丹在所有牡丹图中都别具一格，没有让人喜爱的艳丽色彩，只用几块墨团绘成花朵以及山石，又用寥寥几笔撇出几竿竹子。作者不想画出牡丹的真面目，只是想画出自己心目中的牡丹，所以在画上题诗道：“小抹随人索不工，长竿一柄摆花风。墨王何处游春去，翠盖深檐障蜜蜂。”

杭州开元寺牡丹 [唐]张祜[1]

浓艳初开小药栏，人人惆怅出长安。
风流却是钱塘寺，不踏红尘见牡丹[2]。

【难点疏通】

①张祜(约785～约849)：字承吉，清河（今属河北）人，一作南阳（今属河南）人。举进士不第。元和间以乐府宫词著称。南北奔走三十年，投诗求荐，终未获官。至文宗朝始由天平军节度使荐入京，复被压制。会昌五年投奔池州刺史杜牧，受厚遇，而年已迟暮。后隐居曲阿。其诗或感伤时世，或歌咏从军，犹存风骨；宫词写宫女幽怨之情，亦有所感而发。 ②红尘：人间俗世。

【诗义解说】

浓艳的花朵刚开在小花栏里，人们都怀着惆怅的心情离开长安。最有风韵的还是钱塘的开元寺，不用走进世俗红尘就能看见牡丹。

明·徐渭《花果图卷·牡丹》

此幅长卷共由十六段花卉组成，全图墨色时浓时淡，富有韵律，偶尔用淡彩点花瓣，为全图增色不少。所选牡丹，全用浓墨，十分生动。上有作者题诗一首：“墨中游戏老婆禅，长被参人打一拳。涕下胭脂不解染，真无学画牡丹缘。”

牛尊师宅看牡丹

［唐］段成式①

洞里仙春日更长，翠丛风翦紫霞芳。
若为萧史通家客②，情愿扛壶入醉乡。

【难点疏通】

①段成式(约803～863)：字柯古。晚唐邹平（今属山东）人，历任秘书省校书郎，吉州、处州、江洲刺史，终至太长少卿。与李商隐、温庭筠齐名，因三人均排行十六，故称“三十六体”。代表作为《酉阳杂俎》。 ②萧史：传说中春秋时人，善吹箫，作凤鸣。秦穆公以女弄玉妻之，作凤楼，教弄玉吹箫，有凤来集，弄玉乘凤、萧史乘龙，夫妇同仙去。此用萧史指牛尊师。通家：世代交好之家。

【诗义解说】

春天神仙洞府里白昼十分悠长，风吹拂着绿叶紫霞一样的花朵上散发出芳香。如果能够跟萧史成为通家之好，我情愿扛着酒壶进入醉乡。

明·殷宏《百鸟图》

殷宏，生卒年不详，曾在内廷供职。善画花卉翎毛，绘画在吕纪、边景昭之间。图绘柳下溪畔，湖石秀美，繁花争艳，牡丹、茶花盛开，百鸟欢会，孔雀、喜鹊、燕子或翱翔于天空，或漫步于溪边。一派祥和清明的景色。

牡丹

[唐]李商隐[1]

压径复缘沟，当窗又映楼。
终销一国破[2]，不啻万金求[3]。
鸾凤戏三岛[4]，神仙居十洲[5]。
应怜萱草淡，却得号忘忧[6]。

【难点疏通】

①李商隐(约812～约858)：字义山，号玉溪生、樊南生。祖籍怀州河内（今河南沁阳市），生于荥阳（今属河南）。曾任弘农尉、佐幕府、东川节度使判官等职。诗作文学价值很高，与杜牧合称“小李杜”，与温庭筠合称“温李”，与同时期的段成式、温庭筠风格相近，且都在家族里排行十六，故并称为“三十六体”。　②一国破：一朵倾国倾城的牡丹开放。　③不啻：不仅仅。　④三岛：即传说中的海外三仙山蓬莱、东瀛、方丈。　⑤十洲：古代传说中仙人居住的十个岛，一般指祖洲、瀛洲、玄洲、炎洲、长洲、元洲、流洲、生洲、凤麟洲、聚窟洲。　⑥“应怜”二句：萱草又名忘忧草，据《博物志》：“萱草，食之令人好欢乐，忘忧思，故曰忘忧草。”

【诗义解说】

压在小路上又长满了河沟，生长在窗户前又长上了高楼。终于等来了一朵国色天香开出，哪里仅仅是用万金就可以求购。这里就是鸾凤游戏的海外三仙山，也是神仙居住的十座仙洲。应该可怜的是萱草的颜色不够鲜艳，但却得了一个忘忧的名头。

明·月洲《孔雀图》

月洲，画史无传，可能是明代晚期宫廷画家。图绘两只蓝孔雀正在河边觅食，其上是围绕着山石而盛开的牡丹，有红有白，艳丽无比，最上部是一株桂树，主干粗壮，斜伸一枝，枝上鲜花朵朵，树上落着几只小鸟。图以黄色为底色，使整个画面显得湿润而热烈。

夜看牡丹 [唐]温庭筠①

高低深浅一阑红，把火殷勤绕露丛②。
希逸近来成懒病，不能容易向春风③。

【难点疏通】

①温庭筠(812～870)：原名岐，字飞卿，太原人。少负才名，然屡试不第。又好讥讽权贵，多犯忌讳，因而长期抑郁，终生不得志，仅做个国子助教的小官。精通音律，熟悉词调，在词的格律形式上，起了规范化的作用。其词题材较狭窄，多红香翠软，开“花间词”派香艳之风。 ②殷勤：频繁，反复。 ③“希逸”二句：希逸为南朝宋文学家谢庄的字。据《南史·谢庄传》：“与大司马江夏王义恭笺，自陈眼病，五月来不复得夜坐，恒闭帷避风。”

【诗义解说】

有高有低有深有浅一花坛的鲜红，打着灯笼一遍遍地绕着带露的花丛。谢庄近来得了一种慵懒的病，不能轻易地面对春风。

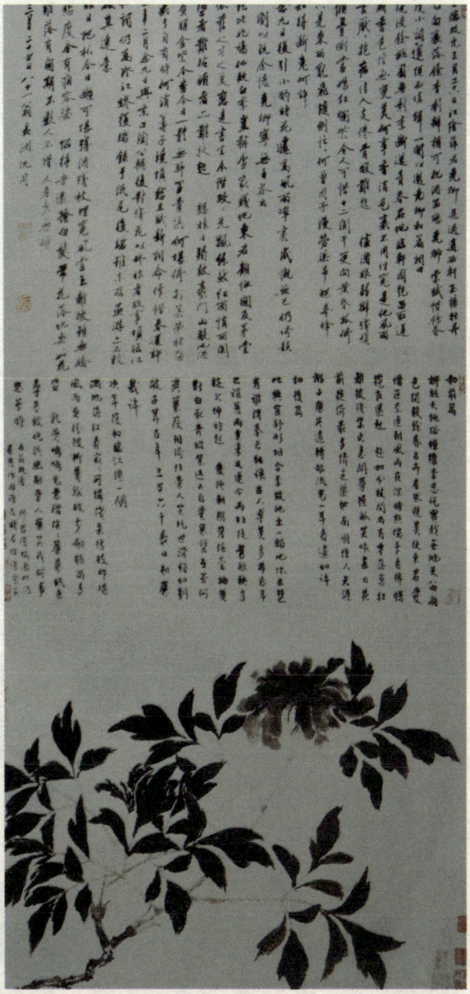

明·沈周《牡丹图》

沈周(1427～1509)，字启南，号石田、白石翁、玉田生等。长洲（今江苏苏州）人。不应科举，专事诗文书画，是明代中期文人画吴派的开创者，与文徵明、唐寅、仇英并称“明四家”。著有《石田集》《客座新闻》等。此图别具一格，下绘一折枝牡丹，纯用墨染，枝干用淡墨，叶子用浓墨，花朵浓淡相间，劲健有力。上部三分之二为题记。

牡丹

[唐]张又新[1]

牡丹一朵值千金，将谓从来色最深[2]。
今日满栏开似雪，一生辜负看花心[3]。

【难点疏通】

①张又新：约唐宪宗元和中在世。字孔昭，深州（今属河北）人，初应宏辞第一，又为京兆解头，元和九年(814)状元及第，时号为张三头。辟为广陵从事，历左右补阙。李逢吉领山南节度，任为司马。逢吉败，坐贬江州刺史。后附李训，迁刑部郎中。训死，复贬申州刺史。终左司郎。嗜茶，著有《煎茶水记》一卷。 ②将谓：误以为，只道是。③“今日”二句：唐朝人喜欢颜色深的牡丹，如魏紫、姚黄之类。而这满园的白牡丹，让人有些失望，因此说辜负了看花心。

【诗义解说】

一朵牡丹花就值上千金，从来只知道喜欢颜色深。可是今天满园白牡丹开得像雪，辜负了人们一生看花的心。

明·周之冕《花鸟图册·牡丹》

周之冕(1521～？)，字服卿，号少谷，长洲（今江苏苏州）人。擅花鸟，喜用勾勒法画花，以水墨点染叶子，画法兼工带写，人称勾花点叶法。所作花鸟，形象真实，意态生动。写意花鸟最有神韵。又善古隶。此图册共十二开，分别绘桂花翠鸟、折枝牡丹、梨花飞燕、桃花双燕、芙蓉飞禽、芭蕉竹石等。这里所选为牡丹一开。

牡丹

[唐]方干[1]

借问庭芳早晚栽，座中疑展画屏开。
花分浅浅胭脂脸，叶堕殷殷腻粉腮[2]。
红砌不须夸芍药，白苹何用逞重台[3]。
殷勤为报看花客，莫学游蜂日日来。

【难点疏通】

①方干(809～888)：字雄飞，号玄英，睦州青溪（今浙江淳安）人。从小爱吟咏，一次偶得佳句，欢喜雀跃，不慎跌破嘴唇，人呼“缺唇先生”。桐庐章八元爱其才，招为过门女婿。以诗受钱塘太守姚合器重。大中年间流寓会稽鉴湖。咸通年间，浙东廉访使王龟竭力向朝廷推荐。终因朝廷腐败，不被起用。后人赞叹他“身无一寸禄，名扬千万里”。擅长律诗，清润小巧，且多警句。 ②殷殷：深红色。 ③重台：复瓣的花。

【诗义解说】

请问满院的鲜花是什么时候所栽，从座上看去就像展开了一幅画屏。有的花颜色清淡像涂上胭脂的脸，叶子下垂托出了红艳的粉色面容。台阶边的芍药不要炫耀自己鲜红的颜色，白苹也用不着竞开重瓣的花容。一遍遍地告诉看花的客人，不要像蜜蜂那样天天都徘徊在花丛。

明·周之冕《花卉图卷》

这是一幅波澜壮阔的长卷，画上绘有一年四季各种花卉五十多种，并配以艳丽的色彩，五彩缤纷，争奇斗艳，犹如一个鲜花盛开的百花园。此处所选为牡丹一段，在浓绿叶子的衬托下，各色牡丹争相开放，有的鲜红，有的金黄，有的洁白。用笔工细，赏心悦目。

看牡丹赠段成式

[唐]周繇[1]

金蕊霞英叠彩香，初疑少女出兰房。
逡巡又是一年别[2]，寄语集仙呼索郎[3]。

【难点疏通】

①周繇：约唐懿宗咸通中前后在世。字为宪，池州（今属安徽）人。家贫，工吟咏，时号为“诗禅”。与段成式友善。咸通十三年(872)进士。调福昌县尉，迁建德令。后辟襄阳徐商幕府，检校御史中丞。　②逡巡：时光消失。　③集仙：唐宫殿的名称，后改为集贤殿，殿内设书院。因段成式曾任校书郎，故以集仙称之。索郎：桑落酒的别称。亦泛指酒。

【诗义解说】

金色的花蕊彩霞一样的花瓣发出阵阵清香，起初怀疑是少女刚刚走出兰花房。不知不觉又分别了一年，给集仙捎过话去赶紧把美酒摆上。

明·周之冕《百花图卷》

此幅长卷画了五十几种四季花卉，描绘细致，设色艳丽，让人有种身处百花园的感觉。图中花卉大致以季节排列，先春花，次夏卉，再秋而冬。牡丹居首，花朵居中，两片叶子分别伸向左右两侧。叶用浓墨，花朵用淡墨勾出轮廓，神韵别具。此处所选为局部。

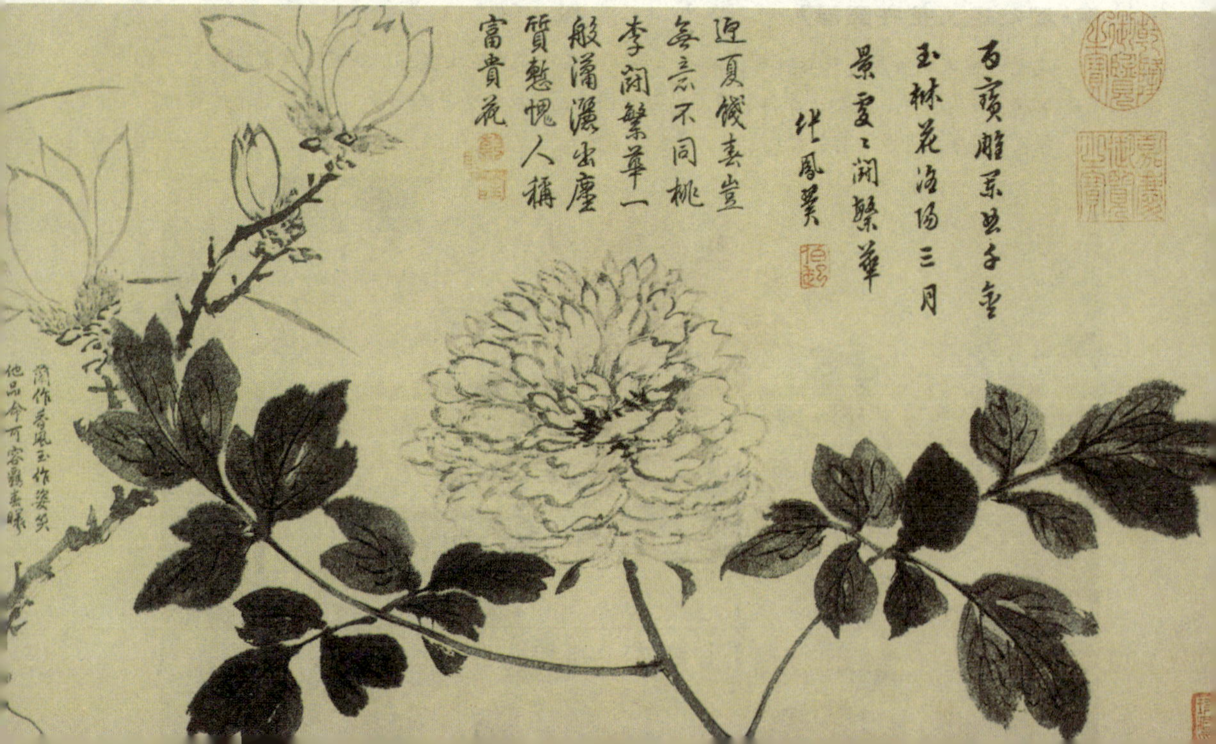

牡丹

[唐]罗隐①

艳多烟重欲开难，红蕊当心一抹檀②。
公子醉归灯下见，美人朝插镜中看。
当庭始觉春风贵，带雨方知国色寒。
日晚更将何所似？太真无力凭栏杆③。

【难点疏通】

①罗隐(833～909)：字昭谏，新城（今浙江富阳市）人。晚唐著名诗人。大中十三年(859)底至京师，应进士试，历七年不第。后来又断断续续考了几年，总共考了十多次，史称“十上不第”。黄巢起义后，避乱隐居九华山，光启三年(887)归乡依吴越王钱缪，历任钱塘令、司勋郎中、给事中等职。　②一抹：一条，一片。檀：浅绛色。　③太真：杨玉环的字。

【诗义解说】

百花盛开的时候让牡丹开花也难，待牡丹开时红蕊红瓣格外好看。公子晚上醉醺醺地赶紧在灯下欣赏，美人早晨梳妆时插在头上从镜子里观看。满院花儿盛开才觉得春光实在可贵，雨滴落在花上才知道牡丹有些轻寒。到了太阳落山的时候跟什么相似？就像娇弱无力的杨贵妃依靠着栏杆。

明·吕希文《四季花鸟图卷》

吕希文，生平事迹不详。专家根据画风定为明代作品。图上所绘为春夏秋冬四季自然景观。开卷为融融春景，岸上松树低垂，随风起舞，翠鸟、鹌鹑、鸳鸯、乳燕、白鹅等鸟类充斥画面。夏季坡草如茵，花团锦簇，朵朵牡丹盛开。秋季可见塘中的败荷，成群的大雁开始南飞。冬季雪积冰封，银装素裹，怪松交错，雪压枝头。这里所选为夏季一段。

白牡丹

[唐]韦庄[1]

闺中莫妒新妆妇，陌上须惭傅粉郎[2]。
昨夜月明浑似水，入门唯觉一庭香。

【难点疏通】

①韦庄(836～910)：字端已，唐末五代诗人。长安杜陵(今属陕西长安县)人，昭宗乾宁元年(894)进士，年轻时生活放荡，后入蜀。王建建立前蜀，自为皇帝，任命他为宰相。诗词都很有名，语言清丽，多用白描手法写闺情离愁和游乐生活。　②陌上：田间小路。傅粉郎：指三国魏时人何晏。《世说新说·容止》：“何平叔（晏）美姿仪，面至白，魏明帝疑其傅粉。正夏月，与热汤饼。既啖，大汗出，以朱衣自拭，色转皎然。”

【诗义解说】

在闺房中不要嫉妒刚打扮起来的妇人，在田间路上感到惭愧的是面对傅粉的儿郎。昨天晚上月光明媚完全就像水一样，走进门来才觉得一院子芬芳。

明·孙克弘《花卉图卷》

孙克弘(1533～1611)，字允执，号雪居，华亭（今上海松江）人。擅画花卉，气格古雅。此图绘牡丹、辛夷、萱花、芙蓉、山茶、水仙、梅花、菊花等折枝花卉。全图用笔细腻，兼工带写，造型准确，色彩生动。所选折枝牡丹，叶子翠绿，花朵艳丽。用笔工细，一丝不苟。此处所选为局部。

牡丹 [唐]司空图[1]

得地牡丹盛[2]，晓添龙麝香[3]。
主人犹自惜，锦幕护春霜。

【难点疏通】

①司空图(837～908)：字表圣，河中虞乡（今属山西）人。咸通末年进士，官至中书舍人、知制诰。黄巢起义后，隐居中条山王官谷。朱温代唐后，召其任礼部尚书，拒不出山，不食而死。晚唐著名的山水诗人，诗多表现山林遣兴、闲吟自适的情趣。词亦清雅可爱。　②得地：种的地方适宜牡丹生长。　③龙麝香：龙涎香与麝香的并称。也泛指香料。

【诗义解说】

种的地方合适牡丹长得很盛，到了早晨又增添了龙麝的芳香。主人十分爱惜栽种的牡丹，用锦缎做帐幕来阻挡春天的寒霜。

明·孙克弘《百花图卷》

此图卷为工笔设色，绘有丁香、梅花、牡丹、山茶、兰花、玉兰、月季、菊花、桂花、罂粟等四季花卉。花叶、花瓣均精勾细染，画法工致，设色清丽，画风秀雅内蕴，每段均有自题诗一首。这里所选为牡丹一段。

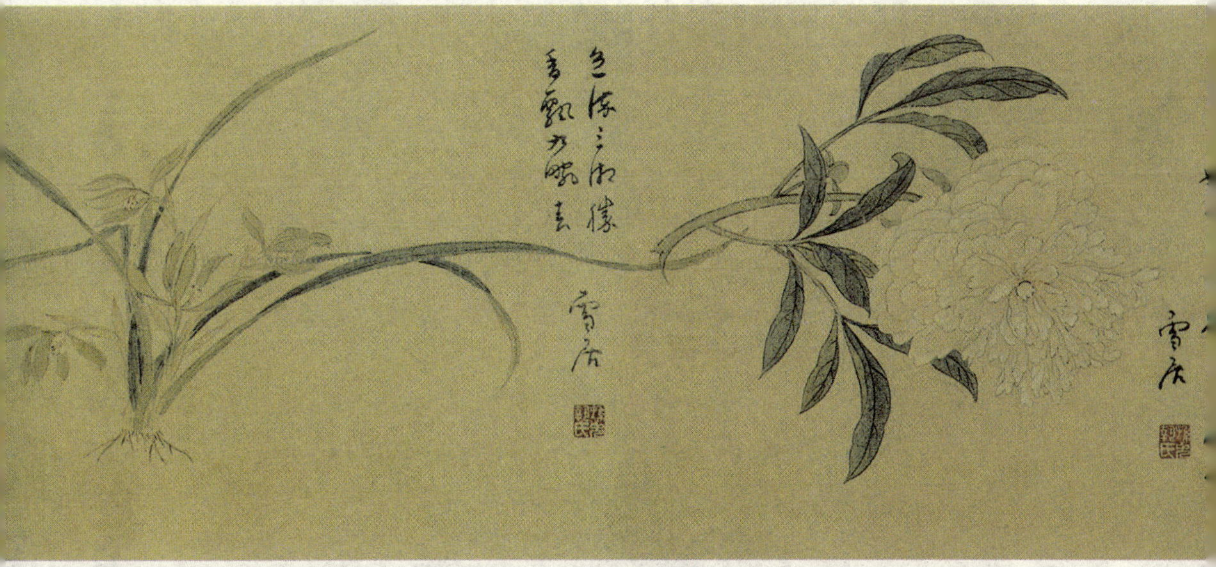

郡庭惜牡丹

[唐]徐夤[1]

肠断东风落牡丹，为祥为瑞久留难。
青春不驻堪垂泪，红艳已空犹倚栏。
积藓下销香蕊尽，晴阳高照露华干。
明年万叶千枝长，倍发芳菲借客看。

【难点疏通】

①徐夤：字昭梦，莆田（今属福建）人。登乾宁进士，授秘书省正字。依闽王王审知，不被重视而遂拂衣去，归隐延寿溪。著有《探龙》《钓矶》二集，诗二百六十五首。

【诗义解说】

看到被东风吹落的牡丹让人断肠，即便是呈现出祥瑞要想久留很难。留不住青春让人流泪，艳丽的红色已经凋零仍然靠着栏杆。花瓣堆积在青苔上香气已经销尽，晴空下艳阳高照露水已干。等到明年万叶千枝都在生长的时候，散发出成倍的芬芳借给客人观看。

明·赵备《四季花卉图卷》

赵备，生卒年不详，号湘南，鄞（今浙江宁波）人。善于写竹，纵横雄逸。亦工山水、花卉。此幅长卷所绘花卉多种，有牡丹、兰花、桃花、玉兰、蔷薇、水仙、菊花等，一花一题，用笔酣畅，色彩艳而不俗。这里选的是牡丹菊花一段，上题有诗句云：“席散春霞润，杯浮绮绣华。”

长安春 [唐]崔道融[1]

长安牡丹开，绣毂辗晴雷[2]。
若使花长在，人应看不回。

【难点疏通】

①崔道融：生卒年不详。唐末诗人。自号东瓯散人。荆州江陵（今属湖北）人。乾宁二年(895)前后，任永嘉县令，后入朝为右补阙，不久因避战乱入闽。擅长作诗，与司空图、方干结为诗友。　②绣毂：带有彩绘的车轮。毂，指车轮中心可以插轴的部分。代指车轮或车。

【诗义解说】

长安城里牡丹盛开的时候，豪华的车马走过如雷声滚滚。如果花能够长开不败，人们就会在那里观看不会回来。

明·吴彬《普贤像》

吴彬，明福建甫田人，流寓金陵（今南京）。万历间以能画荐授中书舍人，历工部主事。山水布置绝不摹古，佛像人物形状奇怪，迥别前人，自立门户。白描尤佳，笔端秀雅。款字多用篆书。图绘普贤在侍者陪同下接见高僧的情景。普贤身着红色袈裟，手持佛帚，袒胸坐于白象之上。身后有牡丹等奇异花卉点缀。人物衣纹用游丝描，花卉精勾细染，端庄秀雅，设色妍丽而和谐。

牡丹

[唐]唐彦谦[1]

真宰多情巧思新[2]，固将能事送残春[3]。
为云为雨徒虚语，倾国倾城不在人。
开日绮霞应失色，落时青帝合伤神[4]。
嫦娥婺女曾相送[5]，留下鸦黄作蕊尘[6]。

【难点疏通】

①唐彦谦(？～893？)：字茂业，号鹿门先生，并州晋阳（今山西太原）人。咸通末年上京考试，连续十余年不中，一说咸通二年(861)中进士。乾符末年兵乱，避地汉南。中和中期被王重荣聘为从事，累迁节度副使，晋、绛二州刺史。因王重荣兵变遇害，被贬汉中掾曹。杨守亮镇守兴元时，担任判官，官至兴元节度副使、阆州、壁州刺史。晚年隐居鹿门山，专事著述。 ②真宰：宇宙的主宰。 ③能事：最擅长的事。 ④青帝：我国古代神话中的五天帝之一，是位于东方的司春之神，又称苍帝、木帝。 ⑤婺女：星宿名，即女宿。又名须女、务女。二十八宿之一，玄武七宿之第三宿，有星四颗。 ⑥鸦黄：古时妇女涂额的化妆黄粉。

【诗义解说】

造物主怀有深情构思巧妙新颖，所以能用最好的事情送别残春。朝云暮雨那都是虚幻不实的事情，倾国倾城那也不是为了人。盛开的时候绮丽的彩霞也会黯然失色，花落的时候青帝也心情郁闷。嫦娥婺女曾经前来送行，留下了她们化妆品变成花蕊上的粉。

明·陈洪绶《百蝶图》

陈洪绶(1598～1652)，字章侯，幼名莲子，一名胥岸，号老莲，别号小净名，晚号老迟、悔迟，又号悔僧、云门僧。浙江诸暨市人。幼年早慧，诗文书法俱佳。崇祯十二年(1639)到北京宦游，以捐赀入国子监，召为舍人，奉命临摹历代帝王像，因而得观内府所藏古今名画，技艺益精，名扬京华，与崔子忠齐名，世称“南陈北崔”。明朝覆没后，避难绍兴云门寺，削发为僧，一年后还俗。晚年学佛参禅，在绍兴、杭州等地鬻画为业。这幅长卷绘有形态各异的蝴蝶近百个，中间穿插着牡丹、山茶、水仙、芍药、菊花、牵牛花、荷花、萱草、梅花等各种花卉，同时还配有蜻蜓、青蛙、蝉等各种小动物。内容丰富，构图巧妙。此处所选为局部。

卖残牡丹

[唐]鱼玄机[1]

临风兴叹落花频，芳意潜消又一春。
应为价高人不问，却缘香甚蝶难亲。
红英只称生宫里，翠叶那堪染路尘。
及至移根上林苑[2]，王孙方恨买无因[3]。

【难点疏通】

①鱼玄机：女，晚唐诗人，长安（今西安）人，初名鱼幼薇，字蕙兰。咸通初嫁李亿为妾，被弃。咸通七年进咸宜观出家，改名鱼玄机。后因打死婢女绿翘，为京兆温璋判杀。其诗作见于《全唐诗》，现存有五十首之多。　②上林苑：汉武帝于建元二年（前138）在秦代的一个旧苑址上扩建而成的宫苑，规模宏伟，宫室众多。今已无存。　③王孙：王的子孙。后泛指贵族子弟。

【诗义解说】

迎着风感叹花瓣纷纷飘落，香气暗暗消失又过了一春。应该是因为价钱太高没人过问，又因为香气太浓蝴蝶难以亲近。红色花朵只应生长在深宫里，翠绿的叶子哪里能忍受染上路边的灰尘。等到把根移植到上林苑，贵族子弟才会因为无法买到而感到遗憾。

明·陈洪绶《花鸟图屏·春》

此组图为春夏秋冬四条屏，这里选择的是夏景牡丹一屏。图的右下湖石耸立，湖石之后红白牡丹盛开，上有一株玉兰，由左侧伸出，从右侧伸出画面，下部点缀着几片竹叶。图上牡丹成为视觉中心，花瓣用细笔勾边，再填以颜色。叶子用石绿染色，墨笔勾筋。湖石苍劲有力，玉兰枝干虬曲多姿。

中台五题·牡丹[1]

[唐]郑谷[2]

乱前看不足，乱后眼偏明。
却得蓬蒿力，遮藏见太平。

【难点疏通】

①中台：即内台。古代天子会诸侯时，为诸侯所设的台。秦汉时指尚书省。　②郑谷：生卒年不详，字守愚，宜春（今属江西）人。僖宗时进士，任都官郎中，人称“郑都官”。又以《鹧鸪诗》得名，人称“郑鹧鸪”。其诗多写景咏物之作，表现士大夫的闲情逸致。风格清新通俗，但流于浅率。曾与许裳、张乔等唱和往还，号“芳林十哲”。

【诗义解说】

战乱之前总也看不够，战乱之后眼前又是一片光明。那是因为得到了蓬蒿的力量，把牡丹遮藏起来才能见到太平。

明·陈鹤《牡丹图》

陈鹤(？～1560)，字鸣野，一作鸣轩，一字九皋，号海樵，一作海鹤，又作水樵生，山阴（今浙江绍兴）人。颖悟绝群，年十余已知好古。置奇帙名帖日夜诵览。十七袭祖荫得百户，弃官着山人服。古诗文、骚赋、词曲、草书、图画等能尽效诸名家，间出己意，工赡绝伦。图中湖石兀立，杂草茸茸，牡丹居高临下，雍容华贵。构图别致，以兀石撑开牡丹与地面的空间，不但使画面沉着，又暗示牡丹傲然不群的王者风范。

牡丹

[唐]秦韬玉[1]

拆妖放艳有谁催，疑就仙中旋折来。
图把一春皆占断[2]，固留三月始教开。
压枝金蕊香如扑，逐朵檀心巧胜裁[3]。
好是酒阑丝竹罢[4]，倚风含笑向楼台。

【难点疏通】

①秦韬玉：生卒年不详，字中明，一作仲明，京兆(今陕西西安市)人。少有词藻，工歌吟，却累举不第，后谄附宦官田令孜，充当幕僚，官丞郎，判盐铁。黄巢起义军攻占长安后，从僖宗入蜀，中和二年(882)特赐进士及第，编入春榜。田令孜又擢其为工部侍郎、神策军判官。时人戏为“巧宦”。后不知所终。②图：力图。③檀心：浅红色的花蕊。④酒阑：酒筵将尽。丝竹：泛指音乐。

【诗义解说】

妖艳的花朵纷纷绽放是谁在催促？怀疑是从仙界几经辗转而来。想要把一春的光景全部占尽，所以留到三月才开始让它开。花朵压弯了枝头香气扑面，每一朵浅红色的花蕊胜过巧手剪裁。就好像酒宴结束音乐停止，倚在风中含笑面对楼台。

明·陈嘉选《玉堂富贵图》

陈嘉选，嘉定（今属上海市）人。工书善画。崇祯年间(1628～1644)献书画授中书，被赐“凤池清秘”额。此图富丽堂皇，艳丽无比。玉兰冰清，牡丹富贵，湖石玲珑，流水淙淙，开屏的孔雀与牡丹、玉兰交相辉映，鸳鸯、鹦鹉、燕子、鹭鸶等鸟类生活于其中。用笔细腻，设色明艳，密而不乱，疏而不漏。

看天王院牡丹 [唐]王贞白[1]

前年帝里探春时[2]，寺寺名花我尽知。
今日长安已灰烬，忍随南国对芳枝。

【难点疏通】

①王贞白(875～？)：字有道，号灵溪。信州永丰（今江西广丰）人。唐末五代十国著名诗人。唐乾宁二年(895)进士，七年后授职校书郎，尝与罗隐、方干、贯休唱和。在登第授职之间的七年中，随军出塞抵御外敌，写下了许多边塞诗，有不少反映边塞生活、激励士气的佳作。 ②帝里：京城。

【诗义解说】

前年在京城寻春的时候，每一座寺里的名花我都知悉。今天长安已经变成了灰烬，怎忍心随人迁往南国面对芳香的花枝。

清·金玥《花鸟虫鱼图册·牡丹》

金玥，女，字晓珠，号圆玉，江苏昆山人。学者冒襄之妾。善画，与蔡含同称冒氏两画史。善画山水。图中所绘纯用墨笔，细笔勾勒花瓣，花纹以淡墨细笔丝出，内部稍事渲染，大部分留白，整体突出了牡丹的清高之气。叶子以浓墨渲染，细笔勾筋，对花朵起到了烘托作用。画中只有野草施以颜色，平添了勃勃生机。

和僧咏牡丹

[唐]吴融[1]

万缘销尽本无心，何事看花恨却深？
都是支郎足情调[2]，坠香残蕊亦成吟。

【难点疏通】

①吴融：字子华，越州山阴(今浙江绍兴)人。生卒年不详。昭宗龙纪元年(889)登进士第。曾随宰相韦昭度出讨西川，任掌书记，累迁侍御史。后为左补阙，拜翰林学士、中书舍人。天复元年(901)朝贺时，受命于御前起草诏书十余篇，顷刻而就，深得昭宗激赏，进户部侍郎。同年冬，昭宗被劫持至凤翔，吴融扈从不及，客居阌乡。不久，召还为翰林学士承旨。卒于官。　②支郎：据《高僧传》载，魏僧支谦细长黑瘦，眼多白而睛黄，聪明多智，时贤称之为“支郎”。其后，“支郎”一词乃转用为僧人的雅称。

【诗义解说】

本来无心销尽尘世缘分，因为什么事情看花产生很深的愁怨？都是和尚有太多的生活情调，香消花落都能吟出诗篇。

清·蓝孟《玉堂牡丹图》

蓝孟，生卒年不详，清代画家。字次公、亦舆，又字鸾，钱塘（今浙江杭州）人。著名画家蓝瑛子。善画山水。笔法疏秀，能传家法。约活动于顺治至康熙年间。此图中间用石青画太湖石，牡丹穿插其间，或仰或俯，或正或侧，花团锦簇，姿态各异。上部是玉兰和丹桂，花朵灼灼，枝繁叶茂。山石先以墨笔勾得轮廓，再用石青直接皴擦。花枝树叶用细笔墨线勾出轮廓，然后填彩。

红白牡丹

[唐]吴融

不必繁弦不必歌①，静中相对更情多。
殷鲜一半霞分绮，洁澈旁边月飐波②。
看久愿成庄叟梦③，惜留须倩鲁阳戈④。
重来应共今来别，风堕香残衬绿莎。

【难点疏通】

①繁弦：繁杂的弦乐声。 ②飐：风吹物使其颤动。 ③庄叟梦：即庄周梦。据《庄子·齐物论》上说，庄周梦见自己变成了蝴蝶，等醒来又变成了庄周，不知道是庄周梦见了蝴蝶，还是蝴蝶梦见了庄周。此为作者愿自己变成蝴蝶，长与牡丹相伴。 ④鲁阳戈：相传周武王率领诸侯讨伐殷纣王，战斗非常激烈，周武王的部下鲁阳公愈战愈勇，敌人望风披靡，眼看天色已晚，鲁阳公举起长戈向日挥舞，吼声如雷，太阳又倒退三舍，延长了时间，终于全歼了敌军。

【诗义解说】

不需要管弦也不需要歌声，静静地相对有更多的感情。鲜红的牡丹一半是从彩霞分来，清澈水边洁白的牡丹如月映水中风过成纹。看的时间长了希望自己像庄周那样变成蝴蝶，珍惜花朵需要请鲁阳挥戈留住光阴。一直跟牡丹相共今天就要分别，风吹花落香气飘散衬在绿色的草中。

清·章声《折枝花卉图卷》

章声，生卒年不详。字子鹤，钱塘(今浙江杭州）人。善画山水，笔墨严谨工细，结构气势雄伟。所作雪山大幅，枯木寒林错落有致，崖雪晶莹高洁，意境深远。兼工花鸟，勾染得法，设色明丽。此图绘四季花卉二十多种，用笔工细，设色妍雅，结构严谨，技法娴熟。这里所选为其中的一段。

牡丹

[唐]王睿[1]

牡丹妖艳乱人心，一国如狂不惜金。
曷若东园桃与李[2]，果成无语自成阴。

【难点疏通】

①王睿，元和后诗人，自号炙毂子。集五卷，今存诗九首。余不详。 ②曷若：哪里比得上。

【诗义解说】

牡丹开得过于妖艳扰乱了人心，举国上下一片疯狂不惜花费重金。哪里比得上东园的桃与李，果子成熟以后默默无语自然成荫。

清·樊圻《牡丹图》

樊圻(1616～？)，字会公，更字洽公，江宁（今江苏南京）人。清代画家，“金陵八家”之一。善画山水、花卉、人物，无不精妙。此图以工笔设色法画两株牡丹依石而生，竞相怒放。山石用墨笔勾皴，深沉坚实，草坡略施草绿，轻柔温暖。构图十分具有形式感，形成巧与拙、重与轻、刚与柔、动与静的对比。

牡丹 [唐]裴说[1]

数朵欲倾城，安同桃李荣。
未尝贫处见，不似地中生。
此物疑无价，当春独有名。
游蜂与蝴蝶，来往自多情。

【难点疏通】

①裴说：桂州（今广西桂林）人。自幼勤奋攻读。至京城多年，每年均以历年所作五言诗十九首投于各显要门下，以求赏识，然久不及第。天祐三年(906)终取状元入仕。曾任补阙、礼部员外郎，不久天下大乱，见升迁无望，即携眷南下。唐朝灭亡，全家于湖北石首一地约住半年，又因战火波及，再向家乡逃难，不久，于旅途中死去。

【诗义解说】

已开的数朵牡丹将要成为最美的花朵，它完全跟桃李一样繁荣。没有在贫瘠的地方看到它，也不像在大地上产生。怀疑此物本来没有什么价值，只有到了春天才会显得有名。飞来飞去的蜜蜂与蝴蝶，来来往往自己表现得很多情。

清·陈卓《花鸟图》

陈卓(1634～？)，字中立，号晚纯老人。北京人，长住江苏南京。擅长画青绿山水，构图严谨，笔法细致入微，设色清丽淡雅，令人心旷神怡。图绘水边坡上有秀石卧立，周围环绕着各色艳丽的花草。朵朵红色、白色牡丹绽放争艳，与上端的海棠、玉兰相互辉映。玉兰枝头两只丽鸟嬉闹争春，一派春意盎然景象。花鸟用工笔勾勒，敷色雅丽。秀石用浓淡墨色写出，饶有古趣。

晚春送牡丹

[唐]李建勋[1]

携觞邀客绕朱阑，肠断残春送牡丹。
风雨数来留不得，离披将谢忍重看[2]。
氛氲兰麝香初减[3]，零落云霞色渐干。
借问少年能几许，不许推酒厌杯盘。

【难点疏通】

①李建勋(约872～约952)：字致尧，广陵（今江苏扬州）人。南唐主李昇镇金陵，用为副使，拜中书侍郎同平章事。升元五年(941)放还。嗣主李璟召拜司空。以司徒致仕，赐号钟山公。能属文，尤工诗。 ②离披：分散下垂，纷纷下落。 ③氛氲：指浓郁的烟气或香气。

【诗义解说】

带着酒杯邀请客人漫步在红色的栏杆边，春天即将过去让人肠断的是要送别牡丹。风雨不停地吹打想留也留不住，东倒西歪将要凋落怎忍再来观看。兰麝般浓郁的香气已经开始减少，飘落的云霞一样的花瓣渐渐枯干。请问少年人的一生能有多长，不可以有酒不饮讨厌杯盘。

清·陈卓《各色牡丹图》

水边坡上一块巨石斜伸向水面，数株牡丹生长在巨石周围。姣美的花朵或极姿纵放，或低垂羞颜，或半遮玉容。而那层层簇拥的茂密绿叶、松软的土坡和坚凝的山石，则将牡丹丰盈的姿态衬托得更加妩媚动人。全图显得温雅而华贵。

万寿寺牡丹

[五代]翁承赞[1]

烂熳香风引贵游，高僧移步亦迟留[2]。
可怜殿角长松色，不得王孙一举头[3]。

【难点疏通】

①翁承赞(859～932)：字文尧（一作饶），闽（福建）人。乾宁三年(896)进士第，擢宏词科，任京兆府参军。天祐元年(904)，以右拾遗受诏册王审知为王。后梁开平四年(910)，复为闽王册礼副使，寻擢谏议大夫、福建盐铁副使，加左散骑常侍、御史大夫。留相闽卒。诗一卷。②迟留：停留，逗留。　③长松：高松。

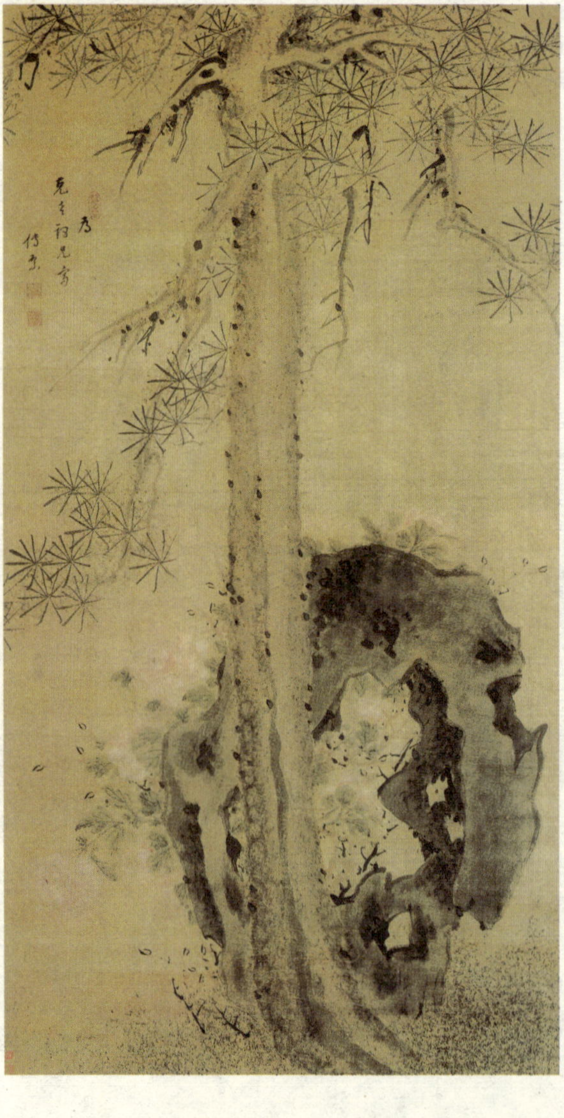

【诗义解说】

花开烂漫香随风飘引来贵家子弟前来游赏，大德高僧走到这里也要停下脚步。可怜的是殿角那棵高入云霄的松树，没有哪个王孙贵族抬头瞧上一瞧。

清·朱耷《松石牡丹图》

朱耷(约1626～约1705)，江西南昌人，明末清初画家、书法家。用过个山、个山驴、驴屋、道朗等号，后入青云谱为道。擅花鸟山水，笔墨简朴豪放、苍劲率意、淋漓酣畅，构图疏简奇险，风格雄奇朴茂。清初画坛“四僧”之一。画面纵贯一古松，主干粗壮，气势挺拔，树下为玲珑剔透的湖石，石后盛开着牡丹花。树石以浓淡不同的墨色勾染，牡丹则用没骨笔法，风格雄奇凝重。

题末开牡丹　[五代]孙鲂[1]

青苞虽小叶虽疏，贵气高情便有余。
浑未盛时犹若此，算应开日合何如？
寻芳蝶已栖丹槛[2]，衬落苔先染石渠。
无限风光言不得，一心留在暮春初。

【难点疏通】

①孙鲂：字伯鱼，江西乐安（《全唐诗》作南昌）人，五代南唐著名诗人。出身贫寒，从小聪明好学。唐广明元年(880)黄巢起义军占领长安，都官员外郎郑谷避隐故乡宜春仰山书屋。孙鲂慕名前往，拜郑谷为师。孙诗颇似郑体，清婉明白，不过分追求华丽词藻，民间俚语皆能入诗。遂以诗行于世。　②丹槛：绝色的围栏。

【诗义解说】

青色花苞虽小叶子也很稀疏，但高贵的气质深厚情谊已经十分的浓。还没有完全盛开就已经是这样，等到全开的时候那又该是一种什么情景？寻找鲜花的蝴蝶已经栖息在红色栏杆上，花瓣落在苔藓上把石砌的渠水染红。美好的光景用语言难以表达，把自己的心留在了晚春时分。

清·恽寿平《山水花鸟图册·牡丹》

恽寿平(1633～1690)，初名格，字寿平，以字行，又字正叔，别号南田，一号白云外史、云溪史等。江苏武进人。清代著名画家。创常州画派，为清朝“一代之冠”。与“四王”加吴历并称“清初六大家”。又善诗文和书法，诗被誉为“毗陵六逸之冠”。书法别具一格，被称为“恽体”。此图册共十二开，此所选为牡丹一开。上有作者题诗曰：“十二铜盘照夜遥，碧桃纱护洛城娇。最怜兴庆池边影，一曲春风忆凤箫。”

题牡丹

[五代]卢士衡[1]

万叶红绡剪尽春[2]，丹青任写不如真。
风光九十无多日[3]，难惜尊前折赠人。

【难点疏通】

①卢士衡：后唐天成二年(927)进士。集一卷，今存诗七首。余不详。 ②红绡：红色薄绸。 ③九十：指夏季三个月共九十天。

【诗义解说】

万片红色薄绸一样的花瓣都是由春风剪成，用彩笔任意描绘也比不上真正的鲜花。九十多天的光景没有多长时间，在酒宴前很难不把这令人珍惜的花朵折下来送人。

清·恽寿平《花卉图册·牡丹》

此图册共十开，此所选为牡丹一开。画绘牡丹两朵，一大一小，大者为正面描绘，小者仰头向上。花瓣用胭脂染色，边缘留白，花蕊金黄，雍容华贵。叶子十分浓绿，把花朵衬托得更加姣美。石绿染叶，细笔勾筋，一丝不苟。

再看光福寺牡丹 [五代]刘兼[1]

去年曾看牡丹花，蛱蝶迎人傍彩霞。
今日再游光福寺，春风吹我入仙家。
当筵芬馥歌唇动，倚槛娇羞醉眼斜。
来岁未朝金阙去[2]，依前和露载归衙。

【难点疏通】

①刘兼：长安人。生卒年均不详，约周末宋初间在世。官荣州刺史。著有诗一卷。②金阙：京城。

【诗义解说】

去年曾经在这里观看牡丹花，蛱蝶迎着人飞花如彩霞。今天再来游这座光福寺，春风把我吹进了仙人之家。宴会时芬芳笼罩歌声动人，倚着栏杆满脸娇羞醉眼已经乜斜。只要明年不到京城去上朝，还像原来一样把带着露水的花载回官衙。

清·恽寿平《春花图册·白牡丹》

此图册共八开，所绘多为折枝形式，运笔秀逸，赋彩雅丽。此所选为白牡丹一开。图绘白牡丹一朵，花瓣根部染以淡黄，叶用石绿，墨笔勾筋。上有作者题诗一首：“红苞金粉露凝寒，溱洧何年留所欢。别有淡妆称国色，玉盘曾向月中看。”

咏牡丹

[五代]王溥[1]

枣花至小能成实，桑叶虽解叶吐丝[2]。
堪笑牡丹大如斗，不成一事只空枝。

【难点疏通】

①王溥(922～982)：字齐物，并州祁（今山西祁县）人，五代至宋初的政治家和史学家。 ②解：懂得。

【诗义解说】

枣花虽然十分小却能结出果实，桑叶虽然柔弱却懂得吐出蚕丝。可笑的是牡丹开的花有斗那么大，什么结果也没有只剩下了空枝。

清·恽寿平《花卉图册·牡丹》

此图册共八开，每花一诗，书于另页。此所选为牡丹一开。图绘一朵紫色牡丹，这就是牡丹中的名贵品种魏紫。花朵中心部位颜色较重，越往外越淡，花瓣根部染成紫色，边缘逐渐变白。用深浅不同的颜色表现叶子的向背，叶柄偶用红色，别有风味。

题牡丹

[五代]捧剑仆[1]

一种芳菲出后庭，却输桃李得佳名。
谁能为向天人说，从此移根近太清[2]。

【难点疏通】

①捧剑仆：咸阳郭氏的仆人。唐末五代人。虽为奴隶，却喜欢观山望水。虽遭鞭笞，但终不改。后离去，不知所终。其诗用语极为清新，情真意切。诗三首，皆是难得的佳作。 ②太清：道家三清境之一，又称太清天、大赤天。为道德天尊太上老君所居。

【诗义解说】

一种芳香从后院传了出来，却输给了桃李一段好名声。谁能跟上天打个招呼，从现在开始把牡丹的根移到仙界太清。

清·恽寿平《满堂春色图》

图的中部绘有山石，红梅、牡丹、紫鸢等花卉围绕着山石生长，牡丹有紫、红、白等多种颜色，红梅在绿叶的衬托下十分鲜艳。牡丹等花朵用笔工细，山石皴擦有力，岸边点点青苔也不放过，可见作者对生活观察得多么详细。

雨中看牡丹

[五代]窦梁宾①

东风未放晓泥干，　红药花开不耐寒。
待得天晴花已老，　不如携手雨中看。

【难点疏通】

①窦梁宾：《全唐诗》载："窦梁宾，夷门（今河南开封）人，卢东表侍儿也。诗二首。"余不详。

【诗义解说】

东风没有把早晨的泥土吹干，红色的花朵盛开不能耐寒。等到天晴的时候花已经凋落，不如手拉着手在雨中观看。

清·恽寿平《国香春霁图》

图的下部绘有几块拳石，石边生长着几株盛开的牡丹，牡丹有红有白有紫，姹紫嫣红，争奇斗艳，色泽明丽，浓淡相宜。其中一朵背向画面，可清晰地看到绿色萼片。拳石用浓墨皴染，拳石下点缀着野草和翠竹。全图色调和谐，令人赏心悦目。

牡丹 [五代]佚名

倾国姿容别，多开富贵家。
临轩一赏后，轻薄万千花①。

【难点疏通】

①轻薄：轻视鄙薄，不尊重。

【诗义解说】

倾国倾城的姿容与别的花不同，大多都开在富贵人家。在窗前看了一眼之后，千万种鲜花就都不放在眼下。

清·恽寿平《花卉图册·牡丹》

此图册共十二开，分别绘桃花、梨花、罂粟、萱草、石榴、荷花、牵牛、双凤、桂枝、雁来红和水仙。从绘画风格看，应是他的后期作品。整册花卉造型准确，构图生动，用笔活泼，色彩清润。此所选为牡丹一开。

钱仁侁闻牡丹空中吁叹之辞①

[北宋]佚名

一花三百朵，含笑向春风。
明年三月里，朵朵断肠红。

【难点疏通】

①《太上感应篇》卷十九：“元帅府检校司徒钱仁侁所居，与中军都虞侯金沼相邻。沼家有一本牡丹，每花开无虑三百余朵，色丹如血，稜如金含，加以瓶子，顶上各有丝纹，一一如自然蛱蝶之状，真奇品也。每开必张宴，侁必与坐。一夕，侁乃洪饮击剑，裎服中单，背负大篮，腰插匕首，逾墙而入，窃取而归，沼不知也。当窃取时，空中有声，细如蜂蝇曰：‘一花三百朵，含笑向春风。明年三月里，朵朵断肠红。’明年花开，沼乃张宴，侁亦与坐，一见大怒。既归，以刃决肠而卒，果符诗中之语。呜呼，钱侁为花而死，神已先知于窃花之时，然则用药杀树，是可为乎？”据《诗话总龟》，此事发生于北宋开宝(974)七年。

【诗义解说】

一株牡丹树上能开三百朵花，含着笑脸面对着春风。等到明年的三月里，每一朵花都会变作断肠红。

清·恽寿平《写生花卉竹石图册·牡丹》

此图册共十开，绘有树石、碧桃、桂花、秋菊、锦石秋花、百合、树石新篁、水仙、海棠、牡丹等。这里所选为牡丹一开。所绘牡丹紫花黄蕊，叶绿清新，晕染细润，清姿艳态，显现出牡丹雍容华贵的风采。

严相公宅牡丹

[北宋]徐铉①

但是豪家重牡丹，争如丞相阁前看。
凤楼日暖开偏早②，鸡树阴浓谢更难③。
数朵已应迷国艳，一枝何幸上尘冠④。
不知更许凭栏否，烂漫春光未肯残。

【难点疏通】

①徐铉(917～992)，字鼎臣，广陵（今江苏扬州）人。早岁与韩熙载齐名，江东谓之“韩徐”，又与弟锴并称“二徐”。在南唐累官至吏部尚书。入宋为太子率更令。太平兴国初任直学士院。八年(983)出为右散骑常侍，迁左常侍。淳化二年(991)后因事贬静难军行军司马。著有文集三十卷，又有《稽神录》《质疑论》等。 ②凤楼：宫内的楼阁。 ③鸡树：古代指中书省。也指宰相府第中的树。 ④尘冠：古代做官的人所戴的一种帽子。

【诗义解说】

只要是豪门大族都看重牡丹，争先恐后到丞相阁前来观看。这里的楼阁气温暖和所以开得很早，满树浓荫想要凋谢也是很难。开出的几朵就是天下最好的颜色，多么荣幸有一枝插在了我们的尘冠。不知道是否可以靠在栏杆上，春光下一片烂漫不肯马上凋残。

清·恽寿平《牡丹图》

图中作者用勾花点叶法绘牡丹一枝，紫叶扶疏，牡丹怒放，用笔虽简，但韵味意趣无穷。此画强调了牡丹的自然生态之美，具有写生的风格。画上有作者的一段题记，记述了作此画的缘由：“侠朱二哥自澄江来，盛称牡丹之丽可比洛下，又曾见一种墨色微紫，最奇，其品当在魏紫之上，因为作图。”

题洛阳观音院牡丹二首之一

[北宋]李建中[1]

微动风枝生丽态，半开檀口露浓香[2]。
秦时避世宫娥老[3]，旧日颜容旧日妆。

【难点疏通】

①李建中(945～1013)：字得中，自号岩夫民伯。京兆（今陕西西安）人。曾任太常博士、金部员外郎、工部郎中、西京留司御史台等职。人称“李西台”。擅草、隶、篆、籀、八分等书体，多构新体。其书笔致丰腴肥厚，结构端庄稳健，风格丰肌秀骨、气宇轩昂。　②檀口：本指红艳的嘴唇。这里指红色的花瓣。　③秦时避世：陶渊明《桃花源记》：“自云先世避秦时乱，率妻子邑人来此绝境，不复出焉。”

【诗义解说】

微风吹动着枝条生出艳丽的姿态，花刚开放一半就飘出浓浓的芳香。躲避秦时战乱的宫女都已经衰老，但都还是旧时的容颜旧时的行装。

清·恽寿平《山水花卉图册·牡丹》

此图册共十四开，山水七开，花卉七开。所画牡丹，以明秀的块面、窈窕的线条、婆娑的绿叶、清丽的用色、平整的构图，使作品显得华贵不俗、高雅而亲切。

奉和独赏牡丹 [北宋]李至[1]

绕台依榭一丛丛，紫映黄苞白映红。
烂漫只因前夜雨，馨香无奈此时风。
暖融春色交相妒，繁煞晴阳艳欲烘。
应恨官高少同赏，尊前不得召邻翁。

【难点疏通】

①李至(947～1001)：字言几，真定（今河北正定）人。幼沉静，好学能属文。及长，辞华典赡。举进士，任将作监丞，通判鄂州。太宗时累拜右谏议大夫、参知政事。真宗时拜工部尚书，参知政事。咸平元年(998)以目疾求解，授武信军节度使。为人刚严简重，人士罕登其门。

【诗义解说】

绕着楼台依着亭榭一丛挨着一丛，紫色映着黄色花苞白色映着鲜红。花开烂漫是因为昨天夜晚下了一场雨，浓郁的香气无奈被风吹得无影无踪。暖融融的春天花朵相互妒忌，晴明的阳光下艳丽的花朵如火焰熊熊。可恨的是官做得太高与我有同样爱好的人很少，坐在酒杯前无法招来邻家的老翁。

清·恽寿平《国香春霁图》

此图以较大的尺幅、浓丽的设色，为牡丹赋予了富贵昌荣的象征意义。图中两株牡丹，花朵深浅有致，互相映衬，顾盼生姿。茂密的墨绿叶子衬托出几朵怒放的花朵，使牡丹花显得更为娇媚。全图以没骨法渲染，墨色交融，用笔兼工带写。

芍药花开忆牡丹

[北宋]王禹偁[1]

风雨无情落牡丹，翻阶红药满朱栏[2]。
明皇幸蜀杨妃死，纵有嫔嫱不喜看[3]。

【难点疏通】

①王禹偁(954～1001)：字元之，济州巨野（今山东省巨野县）人。太平兴国八年(983)进士，授成武县主簿，迁大理评事。次年改任长洲知县。端拱元年(988)擢右拾遗并直史馆。后拜左司谏、知制诰。淳化二年(991)，因事贬为商州团练副使。移官解州。因敢言直谏，多次被告放外任，又多次被招回。一生仕途不顺。他的诗、文在宋初都独树一帜。 ②红药：芍药。 ③嫔嫱：宫中女官。

【诗义解说】

无情的风雨吹落了牡丹，芍药长上台阶又长满小园。唐明皇去了四川杨贵妃已经死去，即使有宫中女官也不值得一看。

清·恽寿平《花卉山水图册·牡丹》

此图所绘为一朵盛开的牡丹，随意勾出花头，清新秀逸。以浓墨攒点花蕊，技法娴熟，得心应手。再以没骨写叶，浓淡燥润俯仰反正，无不精当。整个画面十分简洁，令人赏心悦目。意境清俊疏朗，设色淡雅宜人。

姚黄 [北宋]宋庠①

世外无双种，人间绝品黄。
已能金作粉，更自麝供香②。
脉脉翻霓袖③，差差剪鹄裳④。
灵华余几许，遥遗菊丛芳。

【难点疏通】

①宋庠(996～1066)：字公序，原名郊，入仕后改名庠。安州安陆（今湖北安陆）人，后徙开封雍丘。是乡试、会试、殿试都第一的三元状元。初仕大理评事，通判襄州，召直史馆，历三司户部判官、同修起居注，破格升为太子中允，再迁为左正言。不久知审刑院，又迁左正言、翰林学士、参知政事等。封莒国公与郑国公。谥元献。与弟祁均以文学知名。 ②麝：哺乳动物，形状像鹿而小，无角。雄的脐部有香腺，能分泌麝香。通称"香獐子"。 ③霓袖：彩袖。 ④差差：参差，不齐貌。鹄裳：白衣。

【诗义解说】

人间之外再没有第二个品种，那是人间绝无仅有的鲜黄。能把金色作为花粉，更有麝鹿供应芳香。随风飘动着彩色衣袖，参差不齐是经过剪裁的白色衣裳。有灵性的花朵还剩下一些，与深秋开放的菊花共同芬芳。

清·恽寿平《花卉图册·牡丹》

图绘从左侧伸出的山石向右倾斜，一枝牡丹隐于石的后面，巨大的花朵从山石的前面伸出。用色点写花朵，花朵枝叶舒展自如，结构准确，笔墨华滋，色彩雅丽明快。山石用淡墨擦染，浓墨点苔，很有质感。

仪真太守召看牡丹 [北宋]丘濬[1]

何事化工情愈重[2]，偏教此卉大妖妍。
王孙欲种无余地，颜巷安贫欠买钱[3]。
晓槛竞开香世界，夜阑谁结醉因缘[4]。
须知村落桑耘处[5]，田叟饥耕妇不眠。

【难点疏通】

①丘濬(960～1279)：字道源，黟（今安徽黟县）人。天圣五年(1027)进士，景祐间为句容县令，官至殿中丞。多政绩，敢言直谏。能通数，知未来兴废。著有《天乙遁甲赋》《观时感事诗》各一卷，文集十五卷，已佚。　②化工：造化之工。　③颜巷：孔子弟子颜回所居陋巷。《论语·雍也》：“子曰：‘贤哉，回也！一箪食，一瓢饮，在陋巷，人不堪其忧，回也不改其乐。贤哉，回也。’”本指颜回所居的陋巷，后用以指简陋的居处。　④夜阑：夜将尽。　⑤桑耘：耕田。

【诗义解说】

因为什么自然造化对牡丹感情那么深？偏偏让它的花朵开得那么妖艳。达官贵人想要栽种没有空闲的土地，身居陋巷安于贫贱没有买牡丹的钱。清晨花栏里鲜花盛开一片芳香，夜色将尽谁来了结这醉酒的事件。要知道乡里人家耕种的地方，种田的老农吃不饱饭村妇夜不能眠。

清·恽寿平《杂画册·牡丹》

此画册共十开，此所选为牡丹一开。图所绘为双勾牡丹，花朵落拓潇洒，姿态优雅，花叶纷披，神韵十足，表现了一种冷逸动人的气质之美。上有作者题诗曰：“何须更觅胭脂水，独赏天真尚有人。”

四月三日张十遗牡丹二朵 [北宋]梅尧臣[1]

已过谷雨十六日，犹见牡丹开浅红。
曾不争先及春早，能陪芍药到薰风[2]。

【难点疏通】

①梅尧臣(1002～1060)：字圣俞，世称宛陵先生，北宋著名诗人。宣州宣城（今属安徽）人。初试不第，以荫补河南主簿。皇祐三年(1051)始得宋仁宗召试，赐同进士出身，为太常博士，又为国子监直讲，累迁尚书都官员外郎，故世称“梅直讲”“梅都官”。诗风关心现实，接近人民，注重诗歌的形象性，意境含蓄。 ②薰风：初夏时的东南风。

【诗义解说】

谷雨已经过了十六天，仍然能够看见牡丹那种淡淡的红。不争先开也不赶早春，能够陪着芍药一直开到刮起夏季的东南风。

清·恽寿平《花卉图册·牡丹》

此花卉图册为五开，此选为牡丹一开。此图运用没骨法写牡丹，用笔轻松随意，花朵只以胭脂稍作渲染，充分表现了色与水的交融韵味。作品以高贵的色泽、生动传神的姿态，写出富有生机的牡丹形象。

新植花开

[北宋]韩琦[1]

去岁栽花遍小栏，只忧芳艳不禁寒。
年来醉赏春风里，无限边人见牡丹[2]。

【难点疏通】

①韩琦(1008～1075)：字稚圭，相州（河南安阳）人，北宋仁宗、英宗、神宗三朝宰相，在相位十年，执掌大政，被后世称为一代贤相。谥号忠献，赠尚书令，配享英宗庙。宋徽宗政和五年(1115)追论韩琦定策之功，封魏王。 ②边人：边境地区的人。

【诗义解说】

去年在小花园里栽满了牡丹，担心美丽的花朵承受不了严寒。今年边饮酒边在春风里赏花，许多边境地区的人都见到了牡丹。

清·恽寿平《花卉图册·牡丹》

此花卉图册共四开，此所选为牡丹一开。本图只绘一朵牡丹，玉质素妆，意境幽淡，艳而不俗，一派明丽清新的质感。作品以铅粉涂花，复以胭脂染瓣，国色天香，兼得秀逸之气。

洛阳春

[北宋]邵雍[1]

洛阳人惯见奇葩，桃李开花未当花。
须是牡丹花盛发，满城方始乐无涯。

【难点疏通】

①邵雍(1011～1077)：字尧夫，又称安乐先生、百源先生，谥康节，后世称“邵康节”，北宋理学家。著有《皇极经世》《伊川击壤集》《观物内外篇》《渔樵问对》等。

【诗义解说】

洛阳人看惯了奇特的鲜花，桃李开的时候都不把它当花。只有到了牡丹盛开的时候，满城才充满了无限的欢乐遍及每户人家。

清·张杰《花鸟图》

张杰，生卒年不详，江苏扬州人，字人杰，号柯亭，擅长画花竹，所作水仙更精彩。善用焦墨勾石，淡墨分阴阳，在石缝中点缀浓墨花叶，于空处勾花，欹侧向背，极有生趣。此图中牡丹已经盛开，高低错落，尽显国色天香的意味。一对雉鸡一上一下停在枝上。整幅作品设色考究，线条流畅，充分发挥出工笔花卉刻画细致的特点。所绘牡丹娇色诱人，富丽华贵。

李阁使新种洛花 [北宋]蔡襄[1]

堂下朱栏小魏红[2]，一枝浓艳占春风。
新闻洛下传佳种[3]，未必开时胜旧丛。

【难点疏通】

①蔡襄(1012～1067)：字君谟，莆田（今属福建）人。天圣八年(1030)进士，先后在宋朝中央政府担任过馆阁校勘、知制诰、龙图阁直学士、枢密院直学士、翰林学士、三司使、端明殿学士等职，出任福建路转运使，知泉州、福州、开封和杭州府事。卒赠礼部侍郎，谥号忠。蔡襄为人忠厚正直，讲究信义，且学识渊博，书艺高深，与苏东坡、黄庭坚、米芾并称宋四家。　②魏红：即魏紫，牡丹的一个名贵品种。　③新闻：刚听说。

【诗义解说】

厅堂下的红色围栏里种着一株名贵的魏红，一枝浓艳的花朵占尽了春风。刚听说洛阳又有了一个好品种，等到开花时未必能胜过旧有的品种。

清·孙亿《花鸟图屏》（之一）

孙亿，生卒年不详，字维庸，号于山，工画花鸟、草虫，兼善山水、人物。约活动于清康熙后期。此图屏共十二幅，作者以精秀之笔，勾描牡丹、李花、菊花、绣球、桂花、萱草、梅花等花卉，以及春燕、鹦鹉、鸳鸯、翠鸟、画眉、蜡嘴、白鸽等鸟类。设色浓丽，形神兼备。这里所选为其中一幅。

看花

[北宋]司马光[1]

洛阳春日最繁华，红绿阴中十万家。
谁道群芳如锦绣，人将锦绣学群花。

【难点疏通】

①司马光(1019～1086)：北宋著名政治、史学家、文学家。陕州夏县涑水乡（今山西运城安邑镇东北）人，字君实，号迂叟，世称“涑水先生”。赠太师、温国公，谥文正。其所著《资治通鉴》是我国最大一部编年史著作。

【诗义解说】

洛阳的春天花开得最为鲜艳，红绿掩映中有十万人家。是谁说各种鲜花像锦绣一样，其实人们所织锦绣模仿的是群花。

清·王寅《紫藤牡丹图》

王寅，生卒年不详，约活动于咸丰至光绪三朝，字冶梅，江苏南京人。太平天国时避居栖霞山，后客居上海。曾三渡日本，画风为日本人所赏识。善画山水、人物、兰竹。图的下部绘有两枝牡丹，生长在山石的一前一后，花朵一仰一俯，上部是下垂的紫藤。全图设色典雅，色调湿润。

和孙曼叔北禅牡丹一蒂三花

[北宋]范纯仁[1]

三花骈蒂吐芳丛[2]，曲尽东皇造化功[3]。
疑是神山仙子会，霞衣鼎立驭轻风[4]。

【难点疏通】

①范纯仁(1027～1101)：字尧夫，吴县(今江苏苏州)人，范仲淹次子。皇祐元年(1049)进士，以事亲不赴官，后范仲淹致仕始出仕，历任诸多州郡，在朝中曾任侍御史、知制诰、吏部尚书、同知枢密院事。卒谥忠宣。诗文俱有可观之处。 ②骈：成双成对。 ③曲尽：委曲而详尽。东皇：司春之神。 ④霞衣：红色花瓣。

【诗义解说】

鲜花丛中有一根枝上长着三朵花，充分表现了东皇的造化之功。人们怀疑神山上的仙子们正在聚会，三朵鲜花鼎足而立迎着轻风。

清·蒋廷锡《花卉卷》

蒋廷锡(1669～1732)，字南沙、扬孙，号西谷、青桐居士。江苏常熟人。官至大学士。擅花卉，以逸笔写生，敷色晕墨，兼有于一幅，能自然洽和，风神生动。点缀坡石，偶作兰竹，亦具雅致。此为作者的一幅长卷，上绘折枝花卉，有桃花、牡丹、荷花、桂花、翠竹、梅花等，具有浓厚的写生意味。每种花赋诗一首。咏牡丹一首为：“阶下霜初积，空庭月倍明。不须夸并蒂，一朵已能行。”此处所选为局部。

早春游王氏园看牡丹 [北宋]韦骧[1]

蜿蜒溪岸寻芳草，似觉城东春色早。
并溪穿竹入幽林[2]，已爱和风养华藻。
参差雕栏木芍药[3]，细叶新抽看渐好。
花开时节傥尚留，愿奉清樽为花倒。

【难点疏通】

①韦骧(1033～1105)：字子骏，钱塘（今浙江杭州）人。皇祐五年(1053)进士，除知袁州萍乡。历福建转连判官、主客郎中。出为各路提刑。建中靖国初年任知明州丐宫祠，以左朝议大夫提举洞霄宫。工诗文。 ②并：一起，一齐。 ③木芍药：牡丹的别名。

【诗义解说】

沿着曲曲折折的溪岸寻找芳草，感觉城东的春天来得似乎有些早。顺着小溪穿过竹林进入浓密的树林，已经喜欢温暖的春风中生长的华丽水藻。参差不齐的雕栏里长着木芍药，细叶刚刚抽出眼看着就要长好。花开的时候如果能够留在这里，愿意拿着酒杯为花而醉倒。

清·蒋廷锡《牡丹图》

图幅几株牡丹生长在河边，苍劲而挺拔。旁边点缀着几块山石，下部野草披拂，环境清幽。此幅作品浓墨重彩，勾勒没骨并用，雍容华贵，风姿绰约。上有多人题词。

牡丹

[北宋]苏轼[1]

小槛徘徊日自斜，只愁春尽委泥沙[2]。
丹青欲写倾城色，世上今无杨子华[3]。

【难点疏通】

①苏轼(1037～1101)：北宋文学家、书画家。字子瞻，号东坡居士，眉州眉山（今属四川）人。神宗时曾任祠部员外郎，因反对王安石新法求外职。后以作诗“谤讪朝廷”罪贬黄州。哲宗时任翰林学士、礼部尚书。后贬儋州。北还时病死常州。追谥文忠。与父洵弟辙合称“三苏”。其文为唐宋八大家之一。其诗清新豪健，词开豪放一派。　②委：落。　③杨子华：北齐画家。生卒年不详。任直阁将军、员外散骑常侍。善画贵族人物、宫苑、车马，所画马尤其生动逼真。时有“画圣”之称。

【诗义解说】

在小园边走来走去太阳已经偏西，让人犯愁的是春天过去牡丹就要零落泥沙。想要用画笔绘下这倾城倾国的颜色，遗憾的是现在世上没有丹青高手杨子华。

清·王武《花鸟图册·牡丹》

王武(1632～1690)，字勤中，号忘庵，又号雪颠道人，吴县（今江苏苏州）人。精鉴赏，先世富收藏，多宋元名迹，往往心识手追，于传统颇有领悟。擅诗文，工画花卉禽鸟，与恽寿平齐名，以写生为基础，长于勾花点叶。图绘折枝牡丹两枝，左侧两朵牡丹，一用墨染，一用勾边留白，另一朵牡丹极力向右，仰面朝天，花蕊清晰。绿叶浓重，朝气蓬勃。用笔细腻，勾染结合，富于变化。

述古闻之明日即来坐上复用前韵[1]

[北宋]苏轼

春光冉冉归何处[2]，更向花前把一杯。
尽日问花花不语，为谁零落为谁开？

【难点疏通】

①述古：苏轼的好友陈襄，字述古。此前苏轼曾作一首《吉祥寺花将落而陈述古期不至》诗。陈看到后赶来，苏轼又作了两首诗，这里选的是第二首。 ②冉冉：渐渐地。

【诗义解说】

春光渐渐地不知归向了什么地方，我们又在花前端起了酒杯。整天问花花也不说话，到底是为谁零落又为谁而开？

清·郎世宁《花鸟图册·牡丹》

郎世宁(1688～1766)，意大利人，原名朱塞佩·伽斯底里奥内，生于米兰，清康熙五十四年(1715)作为天主教耶稣会的修道士来中国传教，随即入宫进入如意馆，成为宫廷画家，曾参加圆明园西洋楼的设计工作，历任康、雍、乾三朝，在中国从事绘画达五十多年。此图册共十开，分别绘菊花、鸡冠花、腊梅、牡丹、荷花等。图绘一枝盛开的牡丹在风中摇曳生姿，富丽华贵。另一朵半绽，朦胧之态更显雍容华贵。还有一朵含苞欲放，纯洁无瑕。作品发挥了西方绘画中明暗的特色，色彩变化多端，极富立体感。

移陈州牡丹偶得千叶二本喜作[1]

[北宋]苏辙[2]

小圃初开清溴岸[3]，名花近取宛丘城[4]。
争言千叶根难认，忽发双葩眼自明。
谪堕神仙终不俗[5]，飞来鸾凤有余清。
细锄瓦砾除荆棘，未可令齐众草生。

【难点疏通】

①陈州：今河南省淮阳县。　②苏辙(1039～1112)：字子由，眉山（今属四川省眉山县）人，晚年自号颍滨遗老。苏轼之弟，人称“小苏”。散文以策论见长，自成一家。与父苏洵、兄苏轼合称“三苏”，均在“唐宋八大家”之列。　③溴：今清溴河的古称。流经新郑、许昌等地，南入颍水。　④宛丘：淮阳县的古称。　⑤谪堕神仙：与下文的“飞来鸾凤”，均为对牡丹的美称。

【诗义解说】

刚在清溴河的岸边开出了一片小园，就近从宛丘城里取来牡丹品种。都说千叶牡丹的根很难辨认，等到开出两朵花就自然分明。被贬谪下来的神仙没有世俗之气，飞来的鸾凤有更多的清新。仔细清除瓦砾铲除荆棘，不能让杂草跟着牡丹一齐生存。

清·郎世宁《聚瑞图》

图绘荷花、牡丹、莲蓬、荷叶、谷穗等插在一个秀气的花瓶里。此图表现了作者力图中西技法合壁的印迹。瓶画为西方传统，而聚瑞为中国风格，明暗法为西方技法，工笔重彩为中国绘画手法。以强烈的明暗光影表现花瓶、底座以及花草的不同风致，造型逼真，具有极强的真实感与装饰性。

效王仲玉少监咏姚花用其韵四首之一

[北宋]黄庭坚[1]

映日低风整复斜，绿玉眉心黄袖遮[2]。
大梁城里虽罕见[3]，心知不是牛家花[4]。

【难点疏通】

①黄庭坚(1045～1105)：字鲁直，自号山谷道人，晚号涪翁，又称豫章黄先生，洪州分宁（今江西修水）人。北宋诗人、词人、书法家，为盛极一时的江西诗派开山之祖。英宗治平四年(1067)进士。历官叶县尉、北京国子监教授、校书郎、著作佐郎、秘书丞、涪州别驾、黔州安置等。 ②眉心：指花蕊。黄袖：黄色花瓣。 ③大梁：开封。时为北宋都城。 ④牛家花：即牛黄千叶，牡丹的一个品种。出于民间牛氏家。比姚黄略小。

【诗义解说】

阳光下微风中时而直立时而倾斜，绿玉一样的花蕊被黄色花瓣遮下。大梁城里虽然十分少见，但我心里知道那不是牛家花。

清·虞沅《玉堂富贵图》

虞沅，生卒年不详，字畹之，江都（今江苏扬州）人，居常熟。善画，亲受王翚指导，颇得真传。山水着笔落墨不多，花卉翎毛勾染妍雅。此图的上部绘白兰花和桃花，相互穿插，枝梢盘曲，摇曳生姿。其下牡丹艳丽，花瓣丰满，花萼散落，绿叶舒展，在春风中姹紫嫣红，争奇斗艳。两只美丽的孔雀落在奇石上，姿态矫健，形神兼备。构图工谨遒媚，技法精妙，晕染绚丽。

观洛城花呈尧夫先生 [北宋]张峪[1]

平生自是爱花人，到处寻芳不遇真。
只道人间无正色，今朝初见洛阳春。

【难点疏通】

①张峪：字子望，北宋诗人，理学家邵雍（字尧夫）的弟子。此诗是呈给他的老师邵雍的。邵雍和诗云："造化从来不负人，万般红紫见功真。满城车马空撩乱，未必逢春尽得春。"

【诗义解说】

平生就是一个爱花的人，到处寻找鲜花却没见到真品。只说是人间没有纯正的花色，今天才刚刚看到洛阳的春景。

清·李世倬《国色天香图》

李世倬(？～1770)，字天章，一字汉章、天涛，号谷斋，又号菉园、星厓，别号十石居士、太平拙吏、伊祁山人、清在居士等，奉天（今辽宁沈阳）人，一作三韩（今内蒙古喀喇沁旗西南）人，隶籍汉军正黄旗。官至副都御史。曾任太常，人称李太常。善画山水、人物、花鸟、果品，各臻其妙。此图用没骨法绘红、紫牡丹各一，另有一朵半开，笔法轻灵，设色清艳，别具一格。

和竹元珍僧舍牡丹次韵

[北宋]孔武仲①

知到东邻赏牡丹，高僧防客颇艰难。
鲜妍自是天花种，僻静应无俗眼看。
叶似蟠桃相隐覆，蕊随飞蝶渐凋残。
新诗清苦如郊岛②，肯羡侯家一醉欢③。

【难点疏通】

①孔武仲(约1041～约1095)：字常父，临江新喻（今江西新余）人。仁宗嘉祐八年(1063)进士，调谷城主簿，选教授齐州，为国子直讲。哲宗元祐初历集贤校理、著作郎、国子司业。进起居郎兼侍讲迩英殿，改中书舍人、直学士院、给事中、礼部侍郎，以宝文阁待制知洪州，徙宣州。因受元祐党牵连夺职，管勾洪州玉隆观。与兄文仲、弟平仲并称“三孔”。 ②郊岛：唐代诗人孟郊和贾岛，被称为苦吟诗人。 ③侯家：富贵人家。

【诗义解说】

得知要到东邻去赏牡丹，可是高僧阻止客人看到很难。鲜丽的颜色本来就是天花的品种，地处偏僻应该不让世俗的眼睛看见。叶子像蟠桃覆盖着花朵，花蕊随着蝴蝶的飞来飞去渐渐凋残。新诗写得很苦就像孟郊和贾岛，怎肯羡慕豪富人家醉酒欢颜。

清·冷枚《春闺倦读图》

冷枚，约活动于康熙、雍正年间。字吉臣，号金门画史。山东胶州人。内廷供奉。工人物仕女，亦能画楼台殿宇界画和山水。所画人物工丽妍雅，笔墨洁净，色彩韶秀，画法兼工带写。点缀屋宇器皿，笔极精细，生动有致。图绘一身着长裙仕女，发髻高挽，一手支颐，一手持书，侧身倚桌而坐，神态略带倦意。旁边一花架上，花瓶里插着三朵盛开的牡丹。人物比例匀称，衣纹线条圆润流畅。墙上的画与笛，架上的牡丹，脚边的小狗，都恰到好处。

秋移宛丘牡丹植圭窦斋前作句绝示秬秸和 [北宋]张耒[1]

千里相逢如故人，故栽庭下要相亲。
明年一笑东风里[2]，山杏江桃不当春。

【难点疏通】

①张耒(1054～1114)： 字文潜，号柯山，楚州淮阴（今江苏清江）人。神宗熙宁进士，历任临淮主簿、著作郎、史馆检讨。哲宗绍圣初以直龙阁知润州。徽宗初召为太常少卿。后被指为元祐党人，数遭贬谪，晚居陈州。苏门四学士之一。诗平易舒坦，不尚雕琢；词香浓婉约，风格与柳永、秦观相近。 ②明年一笑：指明年花开。

【诗义解说】

在千里之外相逢就像遇到老朋友，所以栽在房檐之下为的是时时亲近。等到明年东风吹来鲜花盛开，山杏和桃花绽开也无法成为春景。

清·佚名《花卉图》

图绘右侧一角秀石，石畔丛聚着菊花、牵牛花、荷包牡丹等花卉，有两只蝴蝶正向鲜花飞来。画面基本集中在右侧，花卉虽多但不零乱，条理井然。左侧大部空白，给蝴蝶留出飞翔的空间。蝴蝶用笔细致，各色花卉颜色艳丽秀雅。

宫词

[北宋]王珪[1]

洛阳新进牡丹丛，种在蓬莱第几宫[2]。
压晓看花传驾入[3]，露苞方拆御袍红。

【难点疏通】

①王珪(1019～1085)：字禹玉，舒州（今安徽潜山）人，祖籍华阳（今四川成都）。仁宗庆历二年(1042)举进士甲科，为翰林学士。神宗熙宁年间宰相，集贤殿大学士。封岐国公，谥文。著名文学家。 ②蓬莱：原为唐时长安的大明宫，这里指东都洛阳的宫殿。③压晓：接近拂晓。

【诗义解说】

洛阳最近引进了新的牡丹品种，不知种在蓬莱的第几座皇宫。接近拂晓皇帝要看花大驾已到，刚刚开出的花朵就把御袍映红。

清·邹一桂《花卉图册·牡丹》

邹一桂(1686～1772)，字元褒，号小山，一号二知，又号让卿，江苏无锡人。善工笔花卉，分枝布叶，条理自如，设色明净，清古美艳。间作山水，风格隽秀。此所选为牡丹一开。所绘为一折枝牡丹，花朵硕大，花瓣描绘清晰，纹理历历在目，花蕊鲜明，雍容华贵。花叶用浓淡不同的颜色表现其向背转侧，对花朵起到很好的衬托作用。

牡丹

[北宋]张商英[1]

落日宾朋醉帽斜，笙歌一曲上云车[2]。
颇知春色随轩去[3]，不见东庵满眼花。

【难点疏通】

①张商英(1043～1121)：字天觉，号无尽居士，蜀州新津（今属四川）人。英宗治平二年(1065)进士，调通川县主簿，知南川县。后历任检正中书礼房公事、监察御史里行、馆阁校勘、中书侍郎、尚书右仆射等。　②云车：传说中仙人的车乘。仙人以云为车。故称。《淮南子·原道训》：“昔者冯夷、大丙之御也，乘云车入云蜺，游微雾。”　③轩：古代一种有围棚或帷幕的车。

【诗义解说】

太阳西下宾朋们喝醉了酒帽子都歪在一边，一曲笙歌飞上神仙所乘的云车。清楚地知道春天已经随着云车而去，因此没有看见东边小院里满眼的牡丹花朵。

清·张尚思《满堂春色图》

张尚思，武进（今江苏常州）人，生卒年不详。工花鸟、人物，师法元人。此图以没骨法绘牡丹、玉兰。牡丹怒放多姿，花大而美。玉兰或含苞，或盛开，枝干挺秀，穿插得当，色彩明丽。

牡丹

[南宋]陈与义①

一自胡尘入汉关②，十年伊洛路漫漫③。
青墩溪畔龙钟客④，独立东风看牡丹。

【难点疏通】

①陈与义(1090～1138)：字去非，一号圣贤，号简斋，其先祖居京兆。是南北宋之交的著名诗人。在北宋做过地方府学教授、太学博士，在南宋是朝廷重臣，又是一位爱国诗人，其主要贡献还是在诗歌方面，给后世留下不少忧国忧民的爱国诗篇。 ②胡尘：指战乱。汉关：指中原地区。 ③伊洛：伊水和洛水，均流经洛阳，因此也指代洛阳。 ④青墩溪：在浙江省桐乡县，作者年老退隐之地。龙钟：身体衰老，行动不灵便。

【诗义解说】

自从胡骑闯进中原已经有了十年，伊水与洛水仍然远在天边。一个年迈的老翁站在青墩溪畔，独自在春风里观看着盛开的牡丹。

清·张伟《牡丹图》

张伟，字子佳，武进（今江苏常州）人，生卒年不详。师恽寿平并得其真传，每完成一幅画，极能乱真。此图所绘为红、白、紫等多色牡丹，花团锦簇，艳丽多姿。花簇与瘦石形成一股动态，更衬托出花的婀娜秀丽。下部点缀一丛兰花，丰富了画面。工笔重彩，设色艳丽。

牡丹

[南宋]郑刚中[1]

既全国色与天香，底用家人紫共黄[2]。
却喜骚人称第一[3]，至今唤作百花王。

【难点疏通】

①郑刚中(1088～1154)：字亨仲，婺州金华（今属浙江）人。登绍兴进士甲科。累官四川宣抚副使，治蜀颇有方略，威震境内。初为秦桧所荐，后秦桧怒其在蜀专擅，罢责桂阳军居住。再贬濠州团练副使，徙封州卒。秦桧死，追谥忠愍。 ②底用：哪里用。 ③骚人：诗人。

【诗义解说】

颜色天下最美，香气也是天下无双，哪里还用家人栽种魏紫与姚黄。让人高兴的是诗人都把牡丹称为第一，到现在人们都叫它百花之王。

清·王石《牡丹玉兰图》

王石，字日坚，江苏高邮人。生平事迹不详。山水人物无不精妙。图绘三株折枝花卉，下为玉兰，上为不知名的花朵，中间夹着牡丹，下白上红的花朵衬托着中间那朵紫色牡丹，使得整幅画面清新而典雅。描写十分细腻，颜色搭配合理，令人赏心悦目。

牡丹

[南宋]朱淑真①

妖娆万态逞殊芳，花品名中占得王。
莫把倾城比颜色，从来家国为伊亡。

【难点疏通】

①朱淑真：生卒年不详，南宋女诗人兼词人。杭州人。世居桃村，自号幽栖居士。出身仕宦之家，“幼警慧”“善读书”。但受父母之命、媒妁之言嫁给一个市井商人为妻。婚后与丈夫没有共同语言，精神生活十分贫乏，苦闷而死。工书善画。

【诗义解说】

千姿百态的牡丹吐露出特殊的芬芳，在花的品种中被称为花王。不要把倾城倾国的美女比作牡丹的颜色，自古以来国家都是因为美女而亡。

清·沈铨《秋桐群鸡图》

沈铨(1682～1760)，字衡之，号南苹，浙江德清县（今湖州）人。少时家贫，随父学扎纸花。二十岁左右从事绘画，并以此为生。工写花卉、翎毛、禽兽，设色妍丽，工致精丽，赋色浓艳，极尽构图之巧。注重写实，画风谨严工细，造型准确生动。图绘一株高大的梧桐树下，修竹吐翠，牡丹、蜀葵交相辉映，繁花似锦。一只雄鸡站在岩石上，俯视下方母鸡带领一群小鸡觅食嬉戏。画面鲜艳，充满了朝气与情趣。

山寺见牡丹

[南宋]刘子翚[1]

倦游曾向洛阳城[2]，几见芳菲照眼新。
载酒屡穿卿相圃，傍花时值绮罗人。
十年客路惊华发，回首中原隔战尘。
今日寻芳意萧索，山房数朵弄残春[3]。

【难点疏通】

①刘子翚(1101～1147)：南宋文学家。字彦冲，号病翁，崇安（今属福建）人。曾任兴化军通判。后退居屏山，学者称“屏山先生”，朱熹曾从其问学。所作诗篇忧慨时事。著有《屏山集》。 ②倦游：厌倦仕途而思退休。 ③山房：山中的寺庙。

【诗义解说】

厌倦了仕途曾经游历过洛阳城，几次见到牡丹盛开满眼清新。带着酒屡屡穿过达官贵人的花园，在花旁不时能碰见穿着绫罗绸缎的人。十年在外让人吃惊的是头发已经变白，回首中原已经被战乱隔断。今天来看牡丹心情不是很舒畅，山房里几朵花在春天将尽的时候开得没有精神。

清·高凤翰《自题牡丹图册·倚清图》

高凤翰(1683～1749)，又名翰，字西园，号南村，又号南阜，晚号云阜，别号因地、因时、因病等四十多个，晚署南阜左手等。山东胶县城南三里河村人。画家、书法家、篆刻家。山水纵逸不拘于法，纯以气胜。花卉亦奇逸得天趣。嗜砚，收藏至千余，皆自铭，大半手琢。究心篆刻，印宗秦汉，苍古朴茂。晚年右手残废，用左手作画。图绘一黄色硕大的花朵倚于竹间，花朵颜色由蕊间开始呈放射状向外逐渐变淡，层次清晰。

牡丹二首之二 [南宋]王十朋①

人道此花贵，岂宜颜巷栽②。
春风情不世③，红紫一般开。

【难点疏通】

①王十朋(1112～1171)，字龟龄，号梅溪，温州乐清（今属浙江）人。绍兴二十七年(1157)进士。初添差绍兴府佥判，累迁国子司业、起居舍人，改兼侍讲、侍御史。以龙图阁学士致仕。谥“忠文”。有《梅溪前后集》及奏议等五十四卷。 ②颜巷：本指孔子弟子颜回所居的陋巷，后泛指贫穷的地方。 ③不世：不常有的，不一般的。

【诗义解说】

人们都说这种花尊贵，怎么可以栽在贫穷的地方？春风对牡丹怀有特殊的感情，让红色紫色一齐开放。

清·高凤翰《自题牡丹图册·凭玉图》

图绘红色牡丹低低垂下，因为花朵太大枝干承受不了所致，还有两朵蓓蕾若隐若现。巨大的牡丹花叶与左侧的草叶，对红色牡丹起到了极好的衬托作用。画面水墨淋漓，有一种湿润的质感。

牡丹 [南宋]杨万里[1]

排日上牙牌[2]，记花先后开。
看花不子细[3]，过了却重回。

【难点疏通】

①杨万里(1127～1206)：字廷秀，号诚斋，吉州吉水（今属江西）人。曾任太常博士、尚书左司郎中、秘书监等。主张抗金，正直敢言。宁宗时因奸相专权辞官居家，忧愤而死。诗与尤袤、范成大、陆游齐名，称“南宋四家”。构思新巧，语言通俗明畅，自成一家，时称“诚斋体”。　②牙牌：古代官员所执的牌记。因多系象牙兽骨制成，故名。其上书写官员官衔、履历。始见于宋。朝参时持以出入宫门，否则门官止之。　③子细：仔细。

【诗义解说】

把日期写在牙牌之上，记载着哪些花先开哪些花后开。如果看花看得不够仔细，看过之后再重新转回来。

清·高凤翰《自题牡丹图册·濯魂图》

图绘月上梢头，牡丹花开，月光下花朵千娇百态，婀娜生姿。叶子浓绿，充满朝气。花为黄色，更显其柔。布局十分巧妙，花朵轻轻弯曲面向月亮，似对月光有种柔情蜜意。月亮前映着一株小树，更突显月的朦胧。

赋益公平园牡丹白花青绿牡丹

[南宋]杨万里

东皇封作万花王，更赐珍华出尚方①。
白玉杯将青玉绿，碧罗领襟素罗裳。
古来洛口元无种②，今去天心别得香③。
涂改欧家记文著④，此花未出说姚黄。

【难点疏通】

①尚方：古代制办和掌管宫廷饮食器物的宫署。秦置，属少府。汉末分中、左、右三尚方。秦、汉少府所属有尚方令及丞，令秩六百石，掌制造供御刀剑等珍贵器物。这里代指皇宫。 ②洛口：洛阳。 ③天心：天空的中央。 ④欧家记文著：指欧阳修的《洛阳牡丹记》。

【诗义解说】

司春之神把牡丹封作万花之王，更赐珍贵的品种出自尚方。白玉杯样花朵衬着青玉一样的绿色，碧绿罗纱的衣领衣襟洁白的绸缎衣裳。自古以来洛阳那里就没有这样的品种，今天离开天宫带着一种特殊的芬芳。应该改写欧阳修《洛阳牡丹记》上的记载，此花在没出现之前人们都在说着姚黄。

清·高凤翰《自题牡丹图册·含贞图》

此图所绘为雪中牡丹，花叶轮廓不是用线勾出，而是留出牡丹形空白，然后顿、按、点、抹，如色飞舞。绿水浮荡，充斥空间，温润之感跃然纸上。

园中偶题

[南宋]陆游[1]

忆向彭州取牡丹[2]，蜡封驰骑露初干。
如今历尽人间事，纵有姚黄亦懒看。

【难点疏通】

①陆游(1125～1210)：南宋诗人，字务观，号放翁，浙江绍兴人。一生著作丰富，有《剑南诗稿》《渭南文集》等，存诗九千多首，是我国存诗最多的诗人，生前即有“小李白”之称。不仅是南宋一代诗坛领袖，而且在中国文学史上地位崇高，是我国伟大的爱国诗人。 ②彭州：今属四川。“天彭牡丹”的产地。陆游曾到此观赏牡丹，并写下了《天彭牡丹谱》。

【诗义解说】

回忆起从前到彭州去取牡丹，用蜡封上驱马快走露水还没有干。如今看尽了人间的林林总总，即使有名品姚黄也懒得去看。

清·高凤翰《牡丹花卉图》

此图笔墨湿润，风格奔放纵逸，所绘牡丹或展现在山石前，或藏于山石后。山石苍劲老辣，用浓淡不同的墨色表现其纹理，花朵施以淡彩。整个画面如一场雨过，十分润泽。上有题诗一首：“花枝如舞石如蹲，雨叶垂垂向晚昏。帘里美人烟里月，梦中蝴蝶帐中魂。”此处所选为局部。

赏山园牡丹有感 [南宋]陆游

雒阳牡丹面径尺，鄜畤牡丹高丈余①。
世间尤物有如此②，恨我总角东吴居③。
俗人用意苦局促④，目所未见辄谓无。
周汉故都亦岂远，安得尺箠驱群胡⑤！

【难点疏通】

①鄜畤：在今陕西宝鸡境内，为秦文公所建。 ②尤物：特别，十分突出。 ③总角：古代儿童将头发分作左右两半，在头顶各扎成一个结，形如两个羊角，故称“总角”。借指童年时期。 ④局促：形容见识、心胸或作品的意境狭隘。 ⑤周汉故都：周故城指鄜畤，汉故城指洛阳。 ⑥尺箠(chuí)：短鞭。

【诗义解说】

洛阳牡丹的直径长有一尺，鄜畤的牡丹高有一丈。世间独特的东西就是这样，可恨的是我从小生活在东吴那个地方。世俗之人考虑问题过于狭窄，眼睛没有看见就说别人瞎讲。周朝与汉朝的故城都不是很远，怎样才能挥舞长鞭驱逐入侵的虎狼。

清·高凤翰《杂画册·牡丹》

本册共十开，此所选为牡丹一开。图绘一朵红色牡丹，成为画面的视觉中心，在绿叶的衬托下昂首向上，一种王者风范展现出来。右下另有一山竹成为牡丹的陪衬。上有题诗一首：“香色领群芳，天香更擅场。不然空国色，那许号花王。”

园丁折花七品各赋一绝·单叶御衣黄①

[南宋]范成大②

舟前鹅羽映酒③，塞上驼酥截肪④。
春工若与多叶，应入姚家雁行⑤。

【难点疏通】

①单叶御衣黄：牡丹花名。因其色如君王袍服之色，故称。清钮琇《觚賸·牡丹述》：“御衣黄，俗名老黄，晓视甚白，午候转为浅黄，莺然可爱。”亦省称“御黄”。②范成大(1126～1193)：字致能，号石湖居士，吴郡（苏州）人。曾做过两个月的参知政事（副宰相），作为使节到金朝谈判国事，抗争不屈，几乎被杀。淳熙九年(1183)退隐故乡石湖。田园诗很有特色，是宋诗中的优秀篇章。③鹅羽：指御衣黄的花瓣。④驼酥：用骆驼乳酿制的酒。截肪：切开的脂肪。⑤雁行：飞雁的行列。

【诗义解说】

舟前有御衣黄的花瓣映在酒里，驼乳酒和奶酪都是从塞外运来。春天的造化之功如果多给些叶子，就应该列入姚黄的行列之中。

清·高凤翰《杂画册·牡丹》

这是此图册的又一幅牡丹。此花朵极具个性，所有花瓣均呈不规则形，先用墨笔勾出轮廓，再施以淡彩，在绿叶的衬托下，更使花朵显得洁白，并充满了动感。叶用浓淡不同的墨色表现其向背，浓墨勾筋。

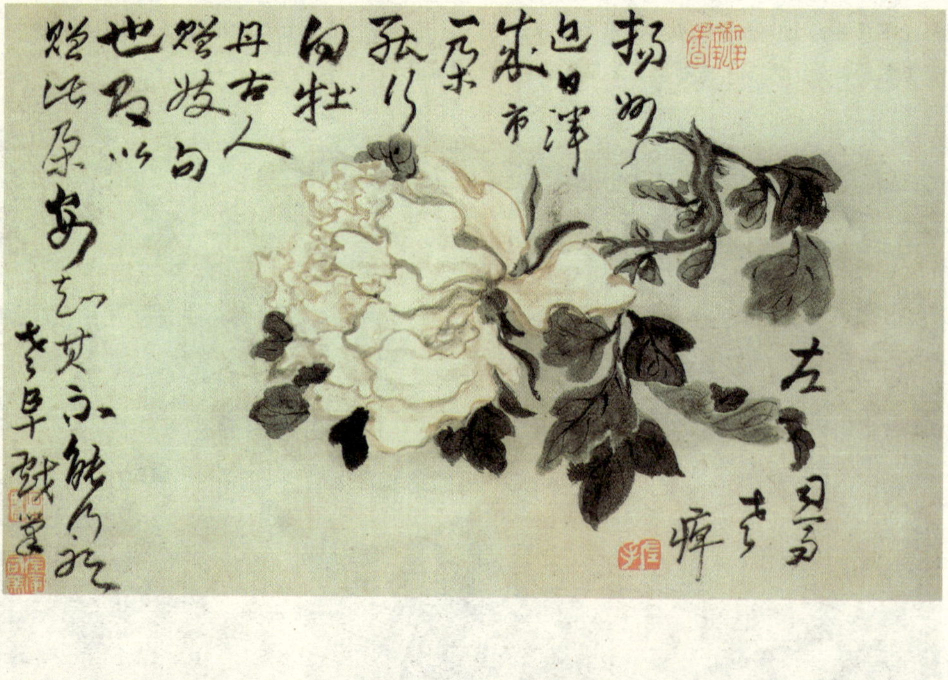

园丁折花七品各赋一绝·水晶球[1]

[南宋]范成大

缥缈醉魂梦物[2]，妖娆轻素轻红[3]。
若非风细日薄[4]，只恐云消雪融。

【难点疏通】

①水晶球：牡丹的一个品种，白色，绣球型，颈直，柄细直，叶密而长，黄青绿。株型直立，分枝力强。 ②缥缈：隐隐约约，若有若无。 ③轻素：轻而薄的白色丝织品。此指白色牡丹。 ④风细日薄：风不大日不烈。

【诗义解说】

醉梦里隐隐约约梦见了一样东西，洁白的花瓣上带着一点点红。如果不是风轻阳光也不强烈，恐怕就会像云和雪一样消融。

清·高凤翰《牡丹图》

此图用写意手法绘出。图上绘有两枝牡丹，红色牡丹采用没骨法，以色直接写出，白色牡丹用淡墨勾线后填色而成。构图新颖别致，设色淡雅，突显笔墨功力，出类拔萃。

园丁折花七品各赋一绝·寿安红[①]

[南宋]范成大

丰肌弱骨自喜，醉晕妆光总宜。
独立风前雨里，嫣然不要人持[②]。

【难点疏通】

①寿安红：牡丹名贵品种之一。因来自洛阳的寿安山而得名。深粉红色，多叶易种，且耐久。相传某年谷雨，牡丹仙子传命要在洛阳北邙山举行为期七天的牡丹赛花会。号令一下，天下牡丹云集古都。牡丹仙子邀请玉皇大帝的女儿百花公主监赛。寿安红以开候准、花量多、花色艳、姿态美、花期长，五项皆优夺得魁首。后改名“百花妒”。　②嫣然：娇媚的笑态。笑得很美的样子。

【诗义解说】

叶子肥大枝干瘦弱自得其乐，醉染花瓣如扮新妆总是得体。独自挺立在风里雨里，娇美的样子不要人来扶持。

清·李鱓等《花果图》

李鱓(1686～1762)，清代著名画家，字宗扬，号复堂，别号懊道人、墨磨人等，“扬州八怪”之一，江苏省兴化县（今兴化市）人。工笔画造诣颇深，中年始画风变化，转入粗笔写意，大胆泼辣，挥洒自如，感情充沛，富有气势。其作品对晚清花鸟画有较大影响。此图由李鱓、边寿民、黄慎、蒋璋、陈撰、汪师虞等六人合作而成。图上绘有柚子、牡丹、菊花、石竹、桂花、雁来红等花卉水果，画面清新艳丽，布局严谨。

园丁折花七品各赋一绝·叠罗红①

[南宋]范成大

襞积剪裁千叠②，深藏爱惜孤芳。
若要韶华展尽③，东风细细商量。

【难点疏通】

①叠罗红：牡丹名品之一。宋徽宗《书牡丹诗》，诗前有序云："牡丹一本同干二花，其红深浅不同，名品实两种也，一曰叠罗红，一曰胜云红，艳丽尊荣，皆冠一时之妙，造化密移如此。" ②襞(bì)积：古代衣袍上的悬垂叠缝装饰。襞，指衣服折叠而形成的装饰。积，指聚集。 ③韶华：指叠罗红牡丹的光彩。

【诗义解说】

通过剪裁堆积起千叠花瓣，花儿没有完全开放是珍惜自己独特的芳香。如果想要让它把光彩全部展示出来，还要跟东风仔细商量。

清·李鱓《花卉图册·牡丹》

本图册共十二开，绘有梅花、水仙、兰花、萱草、牡丹、松树、紫藤、莲蓬等花卉树木，此所选为牡丹一开。所绘为折枝牡丹，花朵硕大，中心用胭脂晕染，边缘染以淡墨。上有作者题诗一首："自从名富贵，品格减花王。气象本屋阁，群芳未易量。"

园丁折花七品各赋一绝·崇宁红①

[南宋]范成大

匀染十分艳绝，当年欲占春风。
晓起妆光沁粉，晚来醉面潮红。

【难点疏通】

①崇宁红：北宋崇宁年间发现的牡丹品种，因而得名。

【诗义解说】

花瓣染得十分均匀艳丽非凡，当年就想占尽所有的春风。早晨起来打扮得格外光鲜沁着轻粉，到了晚上像喝醉的脸变得鲜红。

清·李鱓《松石紫藤图》

图绘高松挺拔粗壮，松针浓密。有紫藤紧紧缠绕，串串簇簇，含蕊露粉。下方牡丹伴石而生。石用斧劈皴，或浅或深，石形峻利，硬而多角。花朵凝露，绿叶繁茂，托起花朵，互为映衬。画松用笔顿行，树干似砍斫而成，不作修饰。松针中锋直下，起收爽利。

园丁折花七品各赋一绝·鞓红[1]

[南宋]范成大

猩唇鹤顶太赤[2]，榴萼梅腮弄黄。
带眼一般官样[3]，只愁瘦损东阳[4]。

【难点疏通】

①鞓红：牡丹的一个品种。宋·欧阳修《洛阳牡丹记·花释名》：“鞓红者，单叶深红花，出青州，亦曰青州红……其色类腰带鞓，故谓之鞓红。” ②猩唇鹤顶：猩猩的嘴唇，仙鹤的顶，都是红色，这里比喻牡丹。 ③带眼：腰带上的孔眼。官样：官家的式样，正规的式样。 ④东阳：南朝梁沈约，因其曾为东阳守，故称。《梁书·沈约传》载，沈约言己老病，“百日数旬，革带常应移孔，以手握臂，率计月小半分。以此推算，岂能支久？”

【诗义解说】

猩猩一样的唇仙鹤一样的顶显得有些太红，石榴的萼片梅的花瓣呈现出金黄。腰带的孔眼都是正规的式样，让人发愁的是瘦损了沈东阳。

清·李鱓《花卉图册·荷包牡丹》

此图册共八开，其中墨笔三开，设色五开。此所选为荷包牡丹一开。图绘山石旁长着一株荷包牡丹，在绿叶的衬托下，成串的花朵摇曳生姿。上有作者题诗一首：“剪彩花宜黄四娘，腰缠姚魏捱春光。谁家锦绣金鱼袋，种菜先生爱米囊。”

园丁折花七品各赋一绝·紫中贵[①]

[南宋]范成大

沉沉色与露滴[②]，泥泥香随日烘[③]。
满眼艳妆红袖，紫绡终是仙风[④]。

【难点疏通】

①紫中贵：牡丹的品种之一。产于扬州。宋代诗人苏泂《金陵杂兴》云：“就中一朵紫中贵，除却扬州天下无。” ②沉沉：鲜艳茂盛。《淮南子·俶真训》：“不以曲故，是非相尤。茫茫沉沉，是谓大治。”高诱注：“茫茫沉沉，盛貌。” ③泥泥：浓重。谢朓《始出尚书省》诗：“衰柳尚沉沉，凝露方泥泥。” ④紫绡：紫色生丝。

【诗义解说】

鲜艳的颜色晶莹的露滴，浓重的香气随着阳光飘动。满眼都是艳丽的妆扮红色的衣袖，紫色生丝一样的花瓣终究都是仙品。

清·李鱓《紫藤牡丹图》

图绘两块山石壁立如门，上有紫藤垂垂而下，下有牡丹拥石而生。两石间点缀着一束兰花。石用拖泥带水皴绘出，下笔如斫，顿挫推拉，提笔收锋，锐利劲健，折角含蓄，偶露锋芒。花朵晕染简洁，中锋饱满，运笔舒畅。

同杜叔高祝彦集观天保庵瀑布主人留饮两日且约牡丹之饮

[南宋]辛弃疾①

竹杖芒鞋看瀑回②，暮年筋力倦崔嵬③。
桃花落尽无春思，直待牡丹开后来。

【难点疏通】

①辛弃疾(1140～1207)：原字坦夫，改字幼安，中年名所居曰稼轩，因此自号“稼轩居士”。历城（今山东省济南市历城区）人。存词六百多首。强烈的爱国主义思想和战斗精神是辛词的基本思想内容。是我国历史上伟大的豪放派词人、爱国者、军事家和政治家。 ②芒鞋：草鞋。 ③崔嵬：高耸的样子。

【诗义解说】

拄着拐杖穿着草鞋去看瀑布回来，到了晚年体力衰退不愿意再去爬山。桃花落尽再也没有春天的情趣，只有等到牡丹开的时候再来观看。

清·李鱓《松藤牡丹图》

图绘巨石、苍松、紫藤、牡丹、兰花、灵芝。紫藤墨色变化丰富，用笔潇洒。画石用拖泥带水皴，笔墨浑融。牡丹则精致典丽，用笔细腻，与石的粗糙形成对比。这是一幅为人贺寿的画，题诗云：“年华得似松枝老，富贵还如藤蔓缠。更写兰花芝草秀，愿君多寿子孙贤。”

前日入寺观牡丹不觉已谢惜其秾艳故以诗悼之

[南宋]叶适[1]

牡丹乘春芳，风雨苦相妒。
朝来小庭中，零落已无数。
魂销梓泽园[2]，肠断马嵬路[3]。
尽日向栏干，踟蹰不能去。

【难点疏通】

①叶适(1150～1223)：南宋哲学家、文学家。字正则，号水心。浙江瑞安人。淳熙五年(1178)进士第二名。历仕于孝宗、光宗、宁宗三朝，官至工部侍郎、吏部侍郎兼直学士院等。卒谥忠定。 ②梓泽：晋石崇别墅金谷园的别称。故址在今河南省洛阳西。《晋书·石崇传》：“崇有别馆在河阳之金谷，一名梓泽。” ③马嵬：即马嵬坡，在今陕西兴平市西，天宝十五载(756)六月，安禄山叛军攻破潼关，危及长安，玄宗仓皇出逃。经过马嵬坡时，扈从部队因怨愤而哗变，杨贵妃被缢死，这就是历史上有名的马嵬之变。此谓像杨贵妃那样的牡丹也已经凋落。

【诗义解说】

牡丹乘着大好的春光盛开，风雨充满了嫉妒之情。早晨来到小院里，有不少花朵已经凋零。金谷园里的芳魂已经销尽，马嵬坡上让人肠断寸寸。整天都面对着花坛，左转右转不肯离开枯萎的花丛。

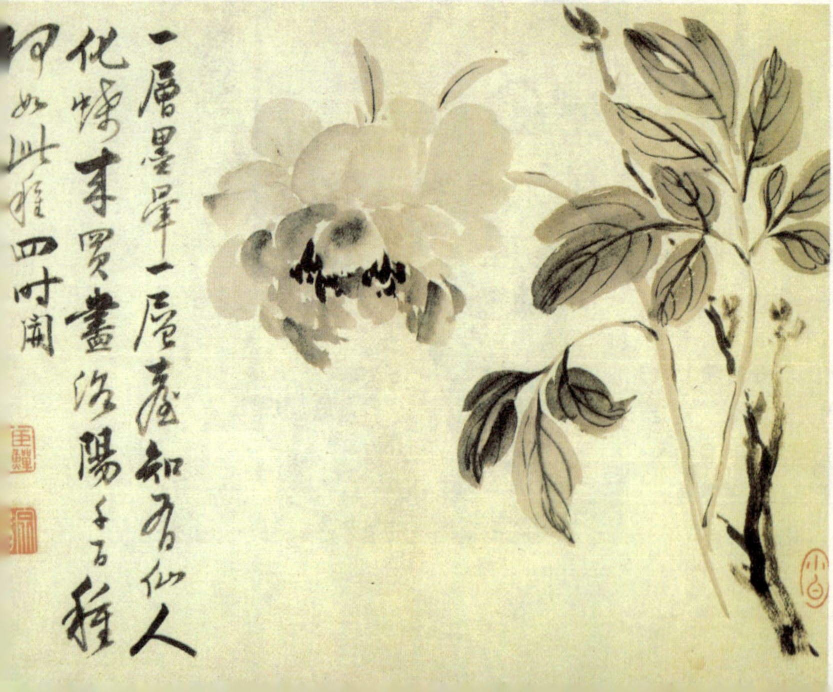

清·李鱓《花鸟图册·牡丹》

此图绘折枝牡丹一枝，从右下角出枝，枝干浓淡相济，色墨相间，花叶淡色敷染，再以墨线勾勒叶脉，俯仰转折有致。花朵下垂，以没骨法点染，层次清晰。花蕊浓墨点出，与淡色花瓣形成对比，生机无限。

次韵牡丹

[南宋]方岳[1]

娇红深倚翠云团，仿佛三生吴彩鸾[2]。
诗眼顿惊春富贵，雨侵衫袖不知寒。

【难点疏通】

①方岳(1199～1262)：字巨山，号秋崖，新安祁门（今属安徽）人。绍定五年(1232)进士，曾为文学掌教，后任袁州太守，官至吏部侍郎。因忤权要史嵩之、贾似道诸人，终生仕途失意。工于诗，多描写农村生活与田园风光，质朴自然。其词多抒发爱国忧时之情，风格清健。　②三生：佛家所说的三世转生，即前生、今生和来生。吴彩鸾：唐裴铏《传奇·文萧》载，吴彩鸾隐居在成都附近西山，后从西山下来，邂逅并嫁给贫苦书生文萧。文萧家贫不能自给，她和文萧同甘共苦，彩鸾每天写韵书一部，让文萧售以度日。居十年，各跨一虎飞升。

【诗义解说】

娇艳的红色深深地倚在翠绿的叶子上，就好像见到三生有约的吴彩鸾。用诗的眼睛看去顿感吃惊的是这一春的富贵，雨点落在身上也不知道天寒。

清·李鱓《花卉图卷》

此幅长卷以水墨、淡彩写就，各种花卉多达十余种，尽得自然造化之妙。或以墨笔简写水仙，或以没骨法写山茶、牡丹，或结合勾填法写菊花与紫薇。全卷纵横散落，疏密相间，十分得体。墨色淡彩交相辉映，笔法收放自如。此处所选为局部。

题陆大参秀夫广陵牡丹诗卷后①

[南宋]林景熙②

南海英魂叫不醒，旧题重展墨香凝。
当时京洛花无主，犹有春风寄广陵。

【难点疏通】

①德祐二年(1276)春，临安陷落，益王、广王逃离临安，陈秀夫等在温州江心寺，奉益王为天下兵马都元帅，广王副之。祥兴二年(1279)二月，厓山战败，陆秀夫背着小皇帝投海。消息传来，林景熙等秘密举行哭祭。后见陆秀夫广陵牡丹诗卷，无限感慨，写下了这首诗。大参：参政的别名。广陵：扬州的别称。 ②林景熙(1242～1310)：字德阳，号霁山。温州平阳(今属浙江)人。南宋末期爱国诗人。咸淳七年(1271)进士，历任泉州教授、礼部架阁，进阶从政郎，宋亡后不仕，隐居于平阳白石巷。是宋元之际诗坛上创作成绩卓著、最富代表性的作家。

【诗义解说】

南海的英魂已经不能叫醒，重新展开以前写的诗句墨香凝重。当时京城洛阳的花没有了主人，只有春风不断地吹到广陵。

清·李鱓《儿女富贵图》

图绘白牡丹一枝，花形大方舒展，多次敷染，更显高贵。花瓶用逸笔勾勒后，又以枯笔重墨皴擦，更衬托出花朵的洁白与高雅。画中题款呈竖式，与画面形成横竖相错的构图。

牡丹 [南宋]徐荣叟[1]

姚魏从来洛下夸，千金不惜买繁华[2]。
今年底事花能贱[3]？ 缘是宫中不赏花。

【难点疏通】

①徐荣叟(1180～1246)：字茂翁，号意一，嘉定七年(1214)进士，历知永康县、婺州、静江府，签书枢密院事。淳祐二年(1242)拜参知政事。以正直敢言著称。 ②繁华：盛开的鲜花。 ③底事：什么事情。

【诗义解说】

姚黄魏紫从来都是洛阳的最好，人们不惜花费千金来买盛开的鲜花。今年因为什么事情花特别便宜？原来是皇宫里面不再欣赏牡丹花。

清·李鱓《平安富贵图》

此图纯用墨色渲染。花瓶用笔粗犷豪放，简单的几笔就把花瓶勾出。花叶淡染，花朵用墨较重，显得比较突出。用笔放纵，勾、皴、刷、染并用。瓶取其谐音“平安”，与牡丹相结合，构成了“平安富贵”的意象。

牡丹

[南宋]程公许[1]

春工殚巧万花丛[2]，晚见昭仪擅汉宫[3]。
可惜芳时天不惜，三更雨歇五更风。

【难点疏通】

①程公许(？～1251)：南宋眉州眉山（今属四川）人，一说叙州宣化（今四川宜宾西北）人。字季与，一字希颖，号沧州。嘉定进士。历官著作郎、起居郎，后迁中书舍人，进礼部侍郎，官终权刑部尚书。有文才，今存《沧州尘缶编》。 ②殚巧：竭尽巧思。 ③昭仪：古女官名，汉元帝始置，为妃嫔中的第一级。意谓昭显女仪，以示隆重。擅：专权。此句意谓像昭仪专权汉宫一样牡丹成为花中之王。

【诗义解说】

春天造化之功在万花上竭尽巧思，晚上看见昭仪专权于汉宫。可惜的是开花时节上天不知道珍惜，三更天雨停之后又刮起了风。

清·李鱓《蔬果花卉图册·荷包牡丹》

王石，字日坚，江苏高邮人。生平事迹不详。山水人物无不精妙。图绘三株折枝花卉，下为玉兰，上为不知名的花朵，中间夹着牡丹，下白上红的花朵衬托着中间那朵紫色牡丹，使得整幅画面清新而典雅。描写十分细腻，颜色搭配合理，令人赏心悦目。

应制状元红[1]

[金]郝俣[1]

仙苑奇葩别晓丛，绯衣香拂御炉风[3]。
巧移倾国无双色，应费司花第一功。
天上异恩深雨露，世间凡卉谩铅红[4]。
情知不逐春风去，常在君王顾盼中。

【难点疏通】

①应制：由皇帝下诏命作文赋诗的一种活动。状元红：牡丹的一个品种，花紫红色，盛开时端部粉白色。　②郝俣：字子玉，太原人。约金世宗大定十年前后在世。正隆二年(1157)进士。仕至河东北路转运使。自号虚舟居士。工诗，殊有古意。有《虚舟居士集》传世。　③绯衣：红色衣服。此指牡丹花瓣。御炉：皇帝用的香炉。　④谩：徒然地。铅红：妇女化妆用的铅粉和胭脂。

【诗义解说】

仙苑里的奇葩与别的花丛不同，红色花瓣香气阵阵像御用香炉吹出的风。把天下无双的花朵巧妙地移来，应该花费了司花之神的鬼斧神工。上天给予了特殊的恩德洒下及时的雨露，世间普通的花卉徒然地开出鲜红。本来知道不能随春风而去，就经常出现在君王的顾盼之中。

清·李鱓《花卉图册·未开牡丹》

人们画牡丹，多表现其盛开的情景，含苞欲放只是一种点缀，纯粹画未开牡丹者还不多见，所以作者此幅作品格外引人注意。画上题记，说明他为什么要画未开牡丹："牡丹名富贵，萱草号宜男，石田先生有《儿女富贵图》，余师其意而默写未开牡丹一枝。大凡花之烂漫，狼藉随之，何如含苞未放，令人有余不竟。"

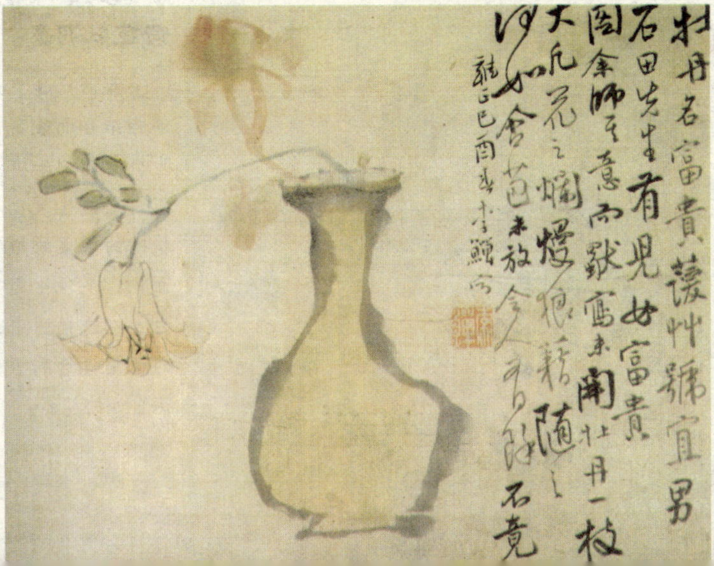

应制粉红双头牡丹二首之一 [金]党怀英①

卿云分瑞两嫣然②，镜里妆成谷雨天。
晓日倚阑闲妒艳，春风拾翠偶骈肩③。
水南水北何曾见，桃叶桃根本自仙④。
梦想沉香亭北槛⑤，略修花谱记芳妍。

【难点疏通】

①党怀英(1134～1211年)：字世杰，号竹溪。祖籍冯翊（今陕西大荔），后迁奉符（今山东泰安市）。少时与辛弃疾同师事亳州刘瞻。金人南下，山东沦陷，辛弃疾归宋抗金，党怀英则留而事金。大定十年(1170)进士，调莒州军事判官，累任汝阴县尹、国史院编修官、应奉翰林文字，官至翰林学士承旨，故世称“党承旨”。为金朝文坛领袖，文学家、书法家。 ②卿云：即庆云。一种彩云，古人视为祥瑞。 ③骈肩：并肩。 ④桃叶桃根：桃叶为晋书法家王献之爱妾，桃根为桃叶之妹。这里指双头牡丹。 ⑤沉香亭：在唐兴庆宫内。李白任供奉翰林时，曾在这里为杨贵妃写《清平调》三首。其三有“沉香亭北倚阑干”句。

【诗义解说】

彩云分出瑞色两朵花都很好看，就像在谷雨天气中于镜子里妆扮。早晨初升的阳光照在栏杆上嫉妒牡丹的艳丽，春风吹拂绿叶让两朵花肩并着肩。这种花在水南水北哪里能够见到？桃叶桃根本来就是天仙。梦中想到在沉香亭北的栏杆边，应该重新修改花谱记下这种牡丹。

清·李鱓《花卉图册·荷包牡丹》

此图是作者用枯笔与湿笔相结合而表现出来的充满生机意趣的一方小品。把湖石之坚涩生硬，与荷包牡丹枝叶的轻柔娇嫩绘在同一画面里，显现出迥异的视觉张力。在这幅图中，笔墨水分的运用也达到了恣意收放挥洒自如的境界。

应制粉红双头牡丹二首之二

[金]党怀英

春意应嫌芍药迟，一枝分秀伴双蕤①。
并肩翠袖初酣酒②，对镜红妆欲斗奇。
上苑风烟工献巧，中天雨露本无私③。
更看散作人间瑞，万里黄云麦两岐④。

【难点疏通】

①蕤：本指草木茂盛，这里指花盛开。 ②翠袖：指绿叶。酣酒：人喝酒后要脸红，借以指红色牡丹。 ③中天：天空。 ④黄云：指成熟的麦田。两岐：一枝两穗，古人认为是祥瑞的征兆。

【诗义解说】

春天的意思好像嫌芍药开得太晚，让牡丹一枝开出两朵十分鲜艳。绿叶衬托着两朵花像刚喝了酒，两朵红花对着镜子比谁更好看。上林苑里的风雨烟云都在献着巧思，高天的雨露本来就没有私偏。再看上去又变成了人间的祥瑞，万里金黄色的麦浪中一枝两穗十分显眼。

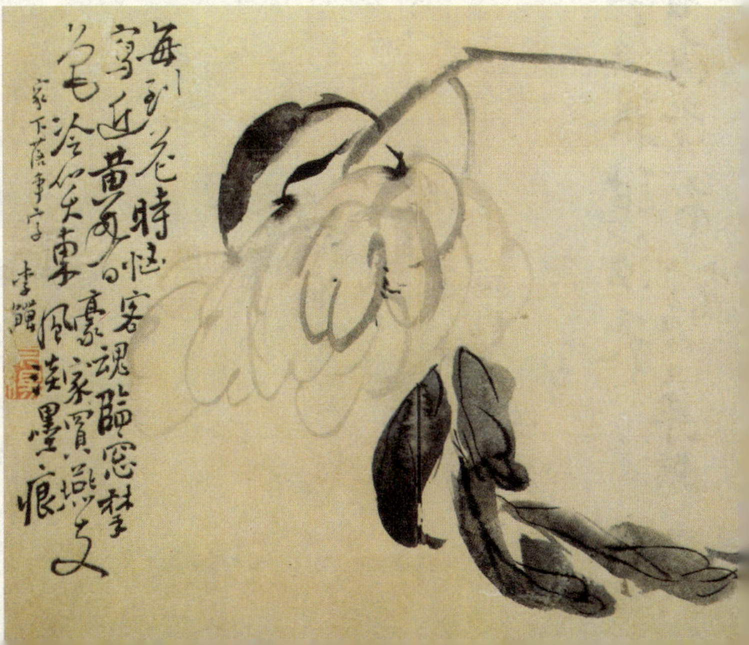

清·李鱓《花卉图册·倒垂牡丹》

图绘一枝倒垂牡丹。先用浓墨画枝干，再勾叶筋，然后趁黑色未干之时加以渲染，以使叶片显得滋润。花的组织看似随意，但没有一笔违背生长形态，花蕊微露，仿佛能闻到花的扑鼻香气。作者题诗道："每到花时恼客魂，临窗摹写近黄昏。豪家（争）买燕支（胭脂）色，冷笑东风淡墨痕。"

五月牡丹

[金]赵秉文[1]

好事天公养露芽[2]，阳和趁及六龙车[3]。
天香护日迎朱辇[4]，国色留春待翠华。
谷雨曾沾青帝泽，薰风又卷赤城霞[5]。
金盘荐瑞休嗟晚，犹是人间第一花。

【难点疏通】

①赵秉文(1159～1232)，字周臣，号闲闲居士，金磁州滏阳（今河北省磁县）人。世宗大定二十五年(1185)登进士第，宣宗兴定元年(1217)拜礼部尚书，兼侍读学士，同修国史、知集贤院事，哀宗时改翰林学士。诗文书画皆工，在当时颇有文名。　②露芽：草木的嫩芽。　③阳和：春天的暖气。六龙车：天子的车驾。因用六马，故名。　④朱辇：古代帝、后乘的车子。　⑤赤城霞：顾平旦等编《名联鉴赏词典》注邓石如联中“赤城霞”三字说：“赤城山在浙江天台县西北，山上赤石并列如屏，望之如霞，‘赤城栖霞’为天台八景之一。”这里借指红色牡丹。

【诗义解说】

乐于做事的天公培养着草木嫩芽，趁着春光明媚驾起六龙车马。阳光下牡丹的香气迎接着皇帝的车驾，园中国色留住春天开出最美的花。谷雨曾享受司春之神青帝的恩泽，初夏之风又卷起一片赤城般的彩霞。金盘托出祥瑞不要感叹出现得晚，这仍然是人间名列前茅的花。

清·李鱓《杂画册·牡丹》

作者的这幅牡丹，线墨搭配得都自然得体，有玲珑通透的质感，既突出了牡丹的富贵娇美，又表现出了国色天香的大气。作品用淡墨勾花瓣和叶筋，用湿墨晕染花冠和叶片，疏密得当，笔简而意不简。

云龙川泰和殿五月牡丹 [金]完颜璟[1]

洛阳谷雨红千叶，岭外朱明花一枝[2]。
地力发生虽有异，天公造物本无私。

【难点疏通】

①完颜璟(1168～1208)：即金章宗，小字麻达葛。金世宗孙，完颜允恭子。大定二十五年(1185)封原王。次年拜尚书右丞相，立为皇太孙。二十九年(1189)即帝位。在位十九年，年四十一。谥号天光运仁文义武神圣英孝皇帝。善书法，知音律，雅尚汉文化。

②岭外：指五岭以南地区。朱明：夏天。《尸子》卷上：“春为青阳，夏为朱明，秋为白藏，冬为玄英。”

【诗义解说】

谷雨时节洛阳的牡丹一片鲜红，五岭以南到了夏天才开出一枝。土地上生长的万物虽然有些差异，但是天公创造万物本来没有偏私。

清·李鱓《杂画册·牡丹》

此作品纯以水墨渲染出牡丹的花瓣与叶子，色彩饱含水分，浸润天成。以浓墨勾写出的岩石，用笔极为工谨。构图饱满，题记与画面相得益彰。

未开牡丹

[金]庞铸[1]

国香半吐醉颜酡[2]，炫耀春工已自多[3]。
爱惜不教催羯鼓[4]，更浇卯酒看如何[5]。

【难点疏通】

①庞铸：生卒年不详，约金卫绍王大安中前后在世。字才卿，自号默翁，辽东人，中州集作大兴（今北京市大兴区）人。家世显贵。风流文采，为时辈所重。明昌五年(1194)进士。南渡后为翰林待制。迁户部侍郎，因事出任东平。改京兆路转运副使。博学能文，善画山水花鸟，尤工诗，造语奇健不凡，世多传之。 ②酡(tuó)：酒醉脸红。 ③春工：春天大自然的功力。 ④羯鼓：一种来源于羯族的乐器，因此叫羯鼓。两面蒙皮，腰部细，鼓皮为公羊皮。 ⑤卯酒：早晨饮的酒。

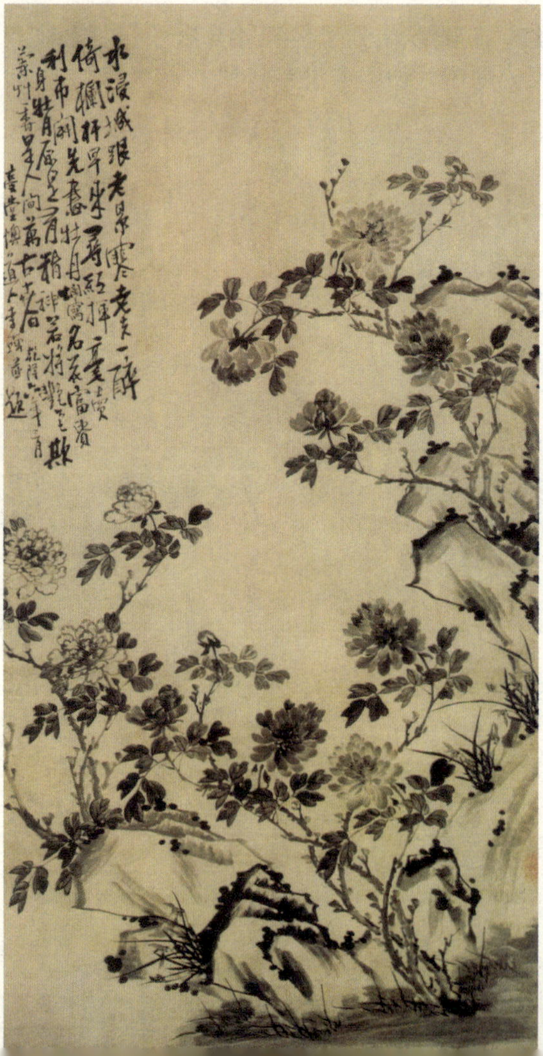

【诗义解说】

牡丹半开就像喝醉了酒的人，表现出太多大自然的造化之功。因爱惜鲜花不肯再敲羯鼓催促，又浇上一杯卯酒看是什么情景。

清·李鱓《牡丹图》

图上所绘牡丹，由上到下排列开来，偃仰有致。有的以浓墨勾勒，有的以没骨点出，运笔灵活，酣畅流利。用浓墨勾出山石，古拙大方。整幅图中，疏落有致的花朵，变化微妙的墨色，都给人以清新悦目之感。

紫牡丹三首之二 [金]元好问[1]

梦里华胥失玉京[2]，小阑春事自升平[3]。
只缘造物偏留意，须信凡花浪得名。
蜀锦浪淘添色重[4]，御炉风细觉香清。
金刀一翦肠堪断[5]，绿鬓刘郎半白生[6]。

【难点疏通】

①元好问(1190～1257)：字裕之，号遗山，太原秀容（今山西省忻县）人，金代著名诗人、史学家。曾任儒材郎、国史院编修、尚书省掾、左司都事。涉足诗、词、文、散曲和笔记小说等文学的各领域，尤以诗的成就最高。　②华胥：华胥之国。据《列子·黄帝》：“（黄帝）昼寝而梦，游于华胥之国。华胥之国在弇州之西，台州之北，不知斯齐国几千万里，盖非舟车足力之所及，神游而已。其国无帅长，自然而已。”玉京：天外仙境。此句意谓牡丹离开仙境来到人间。　③小阑：小园。　④蜀锦：指汉代至三国蜀郡（今四川成都）所织的锦，以色彩艳丽、质地柔韧而出名。　⑤金刀一翦：秋风一吹。秋属金，故将秋风比作金刀。　⑥绿鬓：乌黑有光泽的鬓发。刘郎：指东汉永平时人刘晨。据载，刘晨、阮肇同入天台山采药，遇到二女子，应邀至其家。居半年，怀乡返归，子孙已历七世。

【诗义解说】

梦游华胥之国迷失了天外仙境，春天的小园里花开得仍然繁盛。只是因为造物主对牡丹特别留意，才相信那些普通的花白得了个花名。蜀锦在浪里淘洗过后颜色更艳，从御炉里飘出细细的香风更觉得清新。秋风一起花被纷纷吹落让人肠断，黑发的刘郎已经有一半的白发生成。

清·李鱓《松石牡丹图》

图绘一苍松顶天立地，上破画面，松针历历，用鱼鳞皴绘树干，极富质感。松下牡丹花傍依湖石，竞相怒放，与浓绿的松针交相辉映。构图稳重端庄，笔触活泼自如，工谨而不拘泥，气势奔放，一派勃勃生机。

新开牡丹

[元]刘秉忠[1]

四月新来三月还，一春光景镜中看[2]。
东风也逐情浓处[3]，吹落桃花放牡丹。

【难点疏通】

①刘秉忠(1216～1274)：初名侃，字仲晦，自号藏春散人。邢州（今河北邢台市）人。年十七为邢台节度使府令史，不久，弃官入武安山为僧。后随海云禅师被召入朝，辅佐元世祖，官至太保，参领中书省事。　②“一春”句：写时光飞逝，从早春到暮春，整个春季像镜里光景匆匆而过。　③逐：到。情浓处：指春意浓郁地方，即牡丹开放的季节。

【诗义解说】

四月刚刚到来三月已经过去，春天就像在镜里一闪而过的时光。东风也来到情意浓厚的地方，吹落桃花之后让牡丹开放。

清·李鱓《古松牡丹图》

此图构思巧妙，把几串娇嫩的紫藤安排在古松上面，与苍翠的松树形成鲜明的对比。古松下有以浓墨皴染出的岩石，几枝怒放的牡丹点缀其中，为画面增添了勃勃生机。全景式的构图方式，使所有物象都统一在一起，凝炼简洁。

次韵杨司业牡丹二首之一 [元]吴澄①

谁是旧时姚魏家，喜从官舍得奇葩。
风前月下妖娆态，天上人间富贵花。
化魄他年锁子骨②，点唇何处箭头砂③？
后庭玉树闻歌曲，羞杀陈宫说丽华④。

【难点疏通】

①吴澄(1255～1330)：字幼清，晚年改字伯清。抚州崇仁（今属江西）人，人称“草庐先生”。宋元思想家，教育家，理学家。南宋末授徒乡里。入元后，先后授国子监丞、国子祭酒、翰林直学士、经筵讲官。谥文正。 ②锁子骨：相传唐大历时，延州一妇人死，有西域胡僧敬礼焚香于其墓，谓彼即锁骨菩萨。众人即开墓，视遍身之骨，钩结皆如锁状，果如僧言。州人异之，为设大斋，建了座塔。 ③箭头砂：即朱砂。结晶状如箭镞者，俗谓之箭头砂。 ④“后庭”二句：张丽华是南朝陈后主陈叔宝的贵妃，陈叔宝亲制《玉树后庭花》曲令其演唱。不久杨广攻入建康（今南京），张丽华被杀。

【诗义解说】

哪一株是姚魏家的旧时花？高兴的是从官舍里得到了奇葩。微风吹拂月光之下姿态十分妖娆，在天上在人间都是富贵之花。灵魂化作他年的锁子骨，涂唇用的是何处的箭头砂？听到了《玉树后庭花》的歌曲，羞愧死了陈宫中的张丽华。

清·李鱓《柏树牡丹图》

图绘奇石旁一株古柏，老干遒劲，如蛟龙飞腾，虽斑结苍老，但依然枝叶茂盛，生机盎然。设色淡雅的紫藤，缠绕在古柏之上，曲折瘦硬的长藤，用颇具节奏感的笔法写出，雅淡的紫藤花，用工笔淡色精心描绘。下方的岩石用淡墨渴笔勾出具体形态，把其嶙峋的质感表现得淋漓尽致。枝繁叶茂的牡丹，盛开在岩石之间，为画面增添了几许春色。

春日杂兴

[元]马臻[1]

花底飞觞酒浪翻，才迎春至又春残。
日斜客散炉烟尽，自洗窑瓶插牡丹。

【难点疏通】

①马臻：字叔荐，元代诗人，水利专家，山阴（今浙江绍兴）人。顺帝永和五年(140)为会稽太守。创建鉴湖。堤长一百二十七里，湖周长三百五十八里，上蓄洪水，下拒咸潮，旱则泄湖溉田，使大量良田旱涝保收。但因创湖之始多淹冢宅，为豪强所诬，马臻被刑。越人思其功，将遗骸由洛阳迁回山阴，安葬于鉴湖边，并立庙纪念。

【诗义解说】

在花下饮酒如波浪翻滚，刚刚迎来春天又到春残。太阳西下客人散去炊烟已断，自己清洗着窑瓶再插上牡丹。

清·李鱓《花卉图卷》

这是一幅长卷，把牡丹、菊花、兰花等花卉，随意地横向排列开来。花卉姿态各异，或横或斜，或俯或仰，流露出一派盎然生机。素雅的水仙，孤傲的菊花，丰润的牡丹，高洁的兰花，无不收拢在作者的笔情墨意之中，有轻有重，有刚有柔，犹如一曲流动的音乐。此处所选为局部。

题寿皇御题淳熙宫画牡丹扇面二首之二 [元]柳贯[1]

天香国艳岂堪描，生色谁将上尺绡[2]？
留得当时宫墨在[3]，杜鹃啼处雨萧萧。

【难点疏通】

①柳贯(1270～1342)：字道传，自号乌蜀山人。婺州浦江（今属浙江浦江）人。曾任江山教谕。至正二年(1342)起为翰林待制兼国史院编修官，在官七月而卒。著名文学家、诗人、哲学家、教育家、书画家。于经史、百氏、数术、方技、释道之书，无不贯通。著有《柳待制文集》。 ②生色：生动鲜明的色彩。绡：一种丝织品。 ③宫墨：指帝王的诗画墨迹。

【诗义解说】

天上的香气天下最美的艳丽谁能画得出来？是谁把这最美的色彩画在了尺幅鲛绡？当年帝王的墨迹现在还能看到，仍然能够让人感受到杜鹃啼血风雨潇潇。

清·李鱓《玉兰牡丹图》

图绘一株颀长秀美的玉兰挺立在岩石之上，亭亭玉立，玉兰花洁白素雅。用浅淡的墨色勾染花瓣，简淡天真，柔美空灵。岩石之间的牡丹，以没骨法绘出，墨色浑厚古朴，行笔潇洒自如，深得自然之趣。气韵清疏俊朗，格调高雅。

南城二首之一 [元]马祖常[1]

城南牡丹一百本[2]，翰林学士走马来。
渡水杨花逐飞燕，蓟中芳草送春回[3]。

【难点疏通】

①马祖常(1279～1338)：字伯庸，光州人。历任应奉翰林文字、监察御史，曾劾罢丞相特们德尔。未几特们德尔复相，因避祸退居。特们德尔死后出任翰林待制，元统初拜御史中丞。卒谥文贞。工于文章，诗才富健。 ②城南：元时北京城面丰台区一带，有粟院使的玩芳亭，即今万芳亭公园。此诗所写就是玩芳亭景色。 ③蓟：秦时县名，故址在今北京西南。

【诗义解说】

城南玩芳园里有一百种牡丹，翰林学士骑着马走来观看。杨花飞过河去跟随着飞燕，蓟中的芳草又送走了春天。

清·李鱓《牡丹图》

此幅图以娴熟的没骨法绘牡丹，以小斧劈皴绘山石，浓墨精点叶片。落笔奔放豪迈，苍劲老辣，水墨交融，出神入化。上有作者题诗一首："老矣东风白发翁，羞拈粉白与脂红。洛阳多少春消息，尽在浓墨淡烟中。"

题折枝牡丹图①

[元]马祖常

洛阳春雨湿芳菲，万斛胭脂染舞衣②。
帐底金盘承蜜露③，东家蝴蝶不须飞④。

【难点疏通】

①折枝：是我国花卉画的一种表现形式，画花卉不画全株，只画部分。 ②斛（hú）：量器名，古代以十斗为一斛。万斛，在这里形容多。胭脂：妇女化妆用的一种红颜色。 ③“帐底”句：比喻牡丹花开在绿叶丛中就像躲在宝帐中一样，它那黄色的花蕊，好似一个盛着蜜露的金盘放在宝帐里边。 ④东家：泛指邻家。

【诗义解说】

洛阳的一场春雨打湿了芬芳的花朵，就好像万斛胭脂染在了舞衣上。绿叶在金色花朵下就像金盘承托着蜜露，邻家的蝴蝶不用再飞到别的地方。

清·李鱓《花鸟图册·牡丹》

此幅牡丹图是用水墨小写意绘出，气势纵横，具有霸悍之气。用笔工整精细，清姿艳态，娇小玲珑，美丽动人。牡丹花瓣用淡墨勾描，再辅以丹色晕染，淡雅而清新。叶片清秀洒脱，疏密有致，有力地衬托出了花朵的美丽。

送牡丹

[元]马祖常

十五年前花发时，仙翁邀赏醉瑶池[1]。
如今头白无情思，只见瑶池花满枝。

【难点疏通】

①仙翁，对邀请作者赏花的主人的尊称。瑶池：古代传说在昆仑山上有瑶池，是仙人西王母居住的地方。

【诗义解说】

十五年前牡丹花开的时候，仙翁邀请我到瑶池赏花一醉酩酊。现在头发变白已经没有了情趣，尽管满园的牡丹开得十分繁盛。

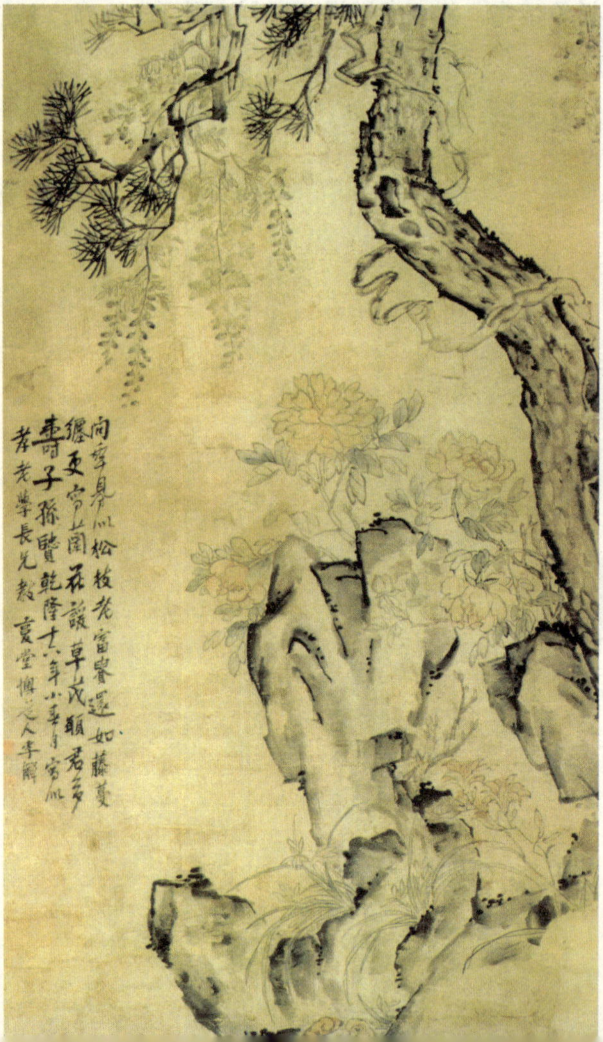

清·李鱓《松树牡丹图》

图绘一古松粗壮劲挺，上破画面。老藤缠绕其上，垂下串串紫藤花，山石间盛开着牡丹。松树枝干用笔苍劲老辣，墨点积染过渡微妙，富有层次变化。以水墨勾染出牡丹花瓣与枝叶，形态生动，叶壮花艳，华滋英秀。牡丹与紫藤相互映衬，生机勃勃。

牡丹 [元]洪希文[1]

国色酣朝酒[2]，天香散晓风。
荒村蜂与蝶，老死菜花丛。

【难点疏通】

①洪希文(1282～1366)：字汝质，号去华，莆田（今属福建）人。于仁宗皇庆年间(1312～1314)被荐任兴化教授，至正十一年(1351)黜官。诗风清遒激壮。有《续轩渠集》十卷。 ②酣：痛快，尽兴。

【诗义解说】

绝顶出众的颜色像早晨痛快地喝了一顿酒，浓郁的香气散发在清晨的风中。生活在荒僻村落里的蜜蜂和蝴蝶，只能老死在菜花丛中而见不到牡丹的身影。

清·李鱓《花卉图册·牡丹》

图中牡丹用没骨法绘出，纯用色彩晕染，骨清神秀，色泽典雅，笔致俊逸，意境幽淡。牡丹花枝以淡墨写出，晕染成叶，落墨成形，浑然天成。上有作者题诗一首：“烂写名花浩荡春，繁华端底斗时新。年来万事嫌寒俭，我爱燕支（胭脂）不为人。”

酬陆友仁城南杂诗十首之三

[元]柯九思[1]

尺五城南老圃家[2]，牡丹如斗眩朝霞。
君王宴坐奎章阁[3]，中使人间不买花[4]。

【难点疏通】

①柯九思(1290～1343)：字敬仲，号丹丘生，别号五云阁吏。浙江仙居人。幼年从父读书，承家学，能诗善画，墨竹师法文同，为湖州竹派的继承者。天历元年(1328)游学建康，经人引荐结识了怀王图帖睦尔。不久怀王继位称帝（即文宗），被授予典瑞院都事，又被提拔为奎章阁鉴书博士。因朝中官僚的妒忌和文宗去世，任职奎章阁不到三年，至顺二年(1331)九月即遭弹劾被迫解职。退居吴下，抑郁中度过晚年。 ②尺五：一尺五寸。极言距离近。老圃：有经验的花农。 ③奎章阁：又称宣文阁。元文宗所建，陈列珍玩，储藏书籍，是上都皇城的重要宫殿。 ④中使：宫中派出的使者。多指宦官。

【诗义解说】

城南不远就到了种花的老农家，那里有斗大的牡丹如灿烂的朝霞。君王在奎章阁上举行宴会，就不用派使者到外面去买花。

清·李鱓《牡丹图》

图中所绘枝繁叶茂的牡丹盛开于坡间岩石中，点缀着丛丛兰草，疏密相间，淡雅清新。牡丹有的以没骨法绘出，有的用勾花点叶法，形神毕肖，生动自然。山石用浓墨勾写而出，再用淡墨乱点皴擦，出笔不凡，不落俗套。

牡丹鹁鸽图 [元]朱德润[1]

深院朱阑覆锦茵，百花开尽牡丹春。
粉毛双鸽多驯狎[2]，对浴金盆不避人。

【难点疏通】

①朱德润(1294～1365)：字泽民，号睢阳山人。睢阳（今河南商丘）人，后居苏州。曾任国史院编修、镇东行中书省儒学提举、江浙行中书省照磨等。工书法，笔致遒健。擅山水，所画多作溪山清远、峰岳耸秀、林木挺健。善诗，多写景状物，亦有触及时弊之作。有《存复斋集》十卷。 ②驯狎：驯顺可亲近。

【诗义解说】

深深庭院的花栏里铺了一层锦缎地毯，百花开完之后就轮到了牡丹。粉色毛羽的一对鸽子多么听话，在金盆里洗浴一点儿也不怕人。

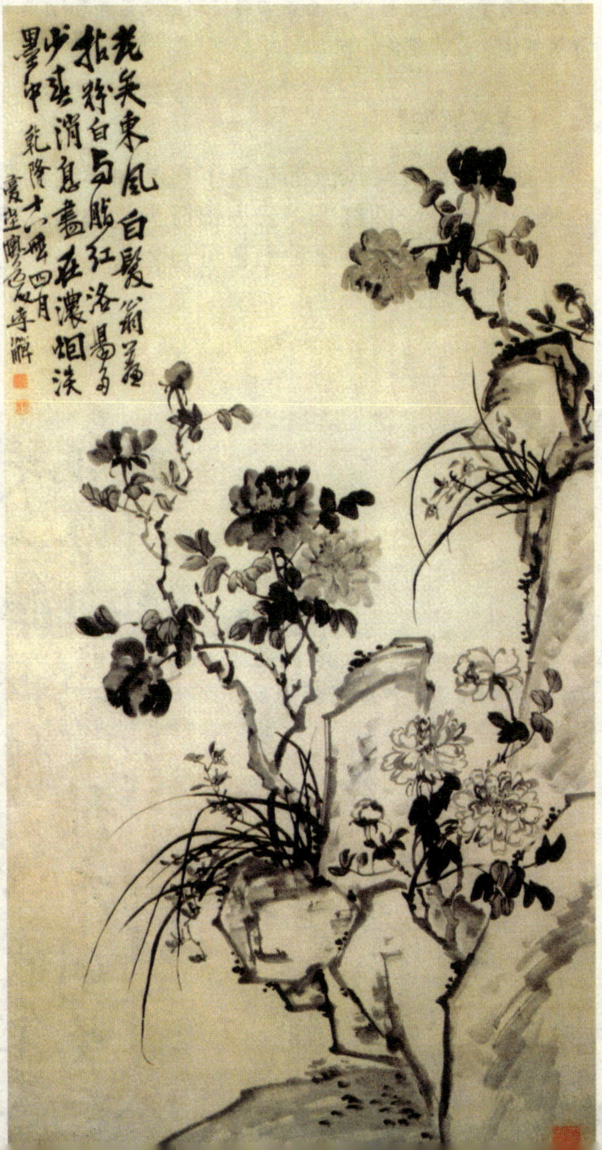

清·李鱓《牡丹兰石图》

此图把牡丹和兰花绘在一起，取其“富贵清高”之意。图中牡丹高低错落，有的已经盛开，有的正含苞欲放，雍容华贵，尽显国色天香的风采。兰花秀而淡雅，清而不凡，花叶用浓墨撇出，分合交叉，俯仰伸展，韵味无穷。山石用淡墨勾勒，生动自然。

牡丹

[元]李孝光[1]

富贵风流拔等伦[2]，百花低首拜芳尘。
画栏绣幄围红玉，云锦霞裳踢翠茵。
天上有香能盖世，国中无色可为邻。
名花也自难培植，合费天工万斛春。

【难点疏通】

①李孝光(1285～1350)：字季和，温州乐清(今属浙江)人。少年博学，以文章负名当世。作文取法古人，不趋时尚。与杨维桢并称“杨李”，早年隐居雁荡五峰山下，四方之士远来受学，名誉日广。至正四年(1344)应召为秘书监著作郎，至正七年擢升秘书监丞。诗词俱佳。　②等伦：同辈，同类。

【诗义解说】

牡丹的富贵与风流都超过了它的同类，百花都在它的脚下俯首称臣。雕栏绣房围绕着一圈红玉，云为锦霞为裳脚踏绿茵。上天的香气能够覆盖整个天下，一国之中没有哪种颜色可与之为邻。名花也都是很难栽培，应该用去了万斛的芳春。

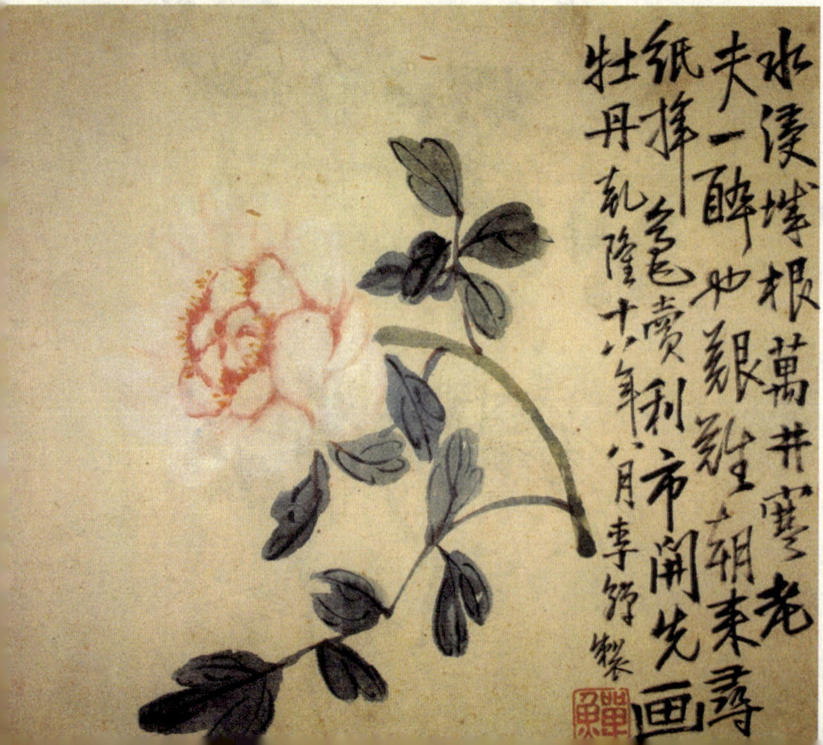

清·李鱓《杂画册·牡丹》

图绘一折枝牡丹，用白粉点入胭脂，点出红花，水墨掺花青，涂抹绿叶。画面设色典雅，清隽娟秀。画的右侧有作者题诗一首：“水浸城根万井寒，老夫一醉也艰难。朝来寻纸挥色卖，利市开先画牡丹。”

徐熙牡丹图[1]

[元]金涓[2]

翠幄笼霞护晓寒[3]，无人凝笑倚阑干[4]。
玉环去后千年恨，留与东风作梦看。

【难点疏通】

①徐熙：五代南唐杰出画家。　②金涓：约元惠宗至正初前后在世。字德原，义乌（今属浙江）人。曾为著名诗人虞集、柳贯所看重，相互向朝廷推荐，皆辞不赴。明初州郡辟召，亦坚拒不起，教授乡里以终。有《湖西》《青村》二集，遇兵灾不存。后其六世孙魁收集他的作品，编为《青村遗稿》一卷。　③翠幄：绿叶如帐。笼霞：覆盖在彩霞一样的花上。　④凝笑：长时间含笑。

【诗义解说】

绿叶覆盖在花上遮挡着早晨的寒冷，没有人含着笑意倚着栏杆。杨玉环死后留下千年遗恨，只能留给东风在梦里相看。

清·李鱓《杂画册·牡丹》

图绘一折枝牡丹，用没骨法绘出花瓣，浅施淡色，笔法工致，把牡丹盛开时的姿态表现得十分真切。叶子直接以浓墨写出，落笔成形，聚散安排得体，疏密有致。整个画面明丽清新，色泽典雅，笔致俊逸。

观牡丹有感

[元]于立[1]

摇摇红影一枝斜，看舞东风两髻娃[2]。
堪笑年年未归客，借人池馆赏春花。

【难点疏通】

①于立：约元惠宗至正初前后在世。字彦成，号虚白子，南康（今属江西）人。博学通古今，善谈笑，以诗酒放浪江湖间。尝和杨维桢西湖竹枝词。诗有《会稽外史集》。　②髻娃：梳着发髻的娃娃。此指两朵未开的牡丹蓓蕾。

【诗义解说】

红影在风中摇动有一枝开始倾斜，在东风里舞动就像梳着两个角的娃娃。可笑的是年年回不了家的客人，借着人家的池馆欣赏着春天的鲜花。

清·李鱓《花鸟图》

图绘一只小鸟栖息枝头，低首俯视。用细笔线条勾出小鸟的眼睛和爪子，又用浓墨阔笔写出小鸟的羽翅和尾翼，造型准确生动。树枝用浓墨勾写而出，用笔劲健有力。掩映在古石后面的牡丹，墨色淡雅含蓄，秀气洒脱之气溢于画外。

题牡丹仕女图

[明]钱宰[1]

乐府梨园曲慢裁[2]，内家新奏牡丹开[3]。
下阶立得花阴转，李白承宣诏未来。

【难点疏通】

①钱宰(1299～1394)：字子予，一字伯均，会稽（今浙江绍兴）人。元代至正年间中甲科，亲老不赴，教授于乡。洪武二年(1369)以明经征为国子助教，后进为博士，校书翰林，撰功臣诰命。洪武十年(1377)归休。撰有《临安集》。其诗吐辞清拔，寓意高远。②乐府：最初始于秦代，到汉时沿用了秦时的名称。汉武帝时正式设立乐府，其任务是收集编纂各地民间音乐、整理改编与创作音乐、进行演唱及演奏等。梨园：古代对戏曲班子的别称。裁：安排。 ③内家：皇宫，宫廷。

【诗义解说】

戏曲班子里的乐曲不要马上安排，宫廷里最新报告牡丹已开。站在台阶下花的阴影已经转动，李白等着传唤但诏书还没有下来。

清·袁江《花果图卷》

袁江(1662～1735)，宫廷画家，工山水楼阁界画。在清康熙、雍正、乾隆时期，楼阁山水以他最为有名。成为“有清一代推为第一”的界画家。此长卷共绘牡丹、芍药、兰花、月季、荷花、海棠、菊花、梅花、西瓜、茄子、桃子等花卉蔬菜水果多种。所绘物象造型准确，生动逼真，风姿绰约，匠心独运。这里所选为牡丹一段。

三月五日饮于性天所有紫牡丹一本三花 [明]贝琼[1]

名花新剖麝囊开，与客花时踏雨来。
越土一枝分阆苑[2]，春风三朵出瑶台。
朝云重压珊瑚树[3]，宿露低倾玛瑙杯[4]。
重忆当时歌舞处，五侯池馆锦千堆[5]。

【难点疏通】

①贝琼(1314～1379)：初名阙，字廷臣，一字廷琚、仲琚，又字廷珍，别号清江。祖上由苏州迁往崇德（今浙江桐乡）。元末世乱，隐居教授。明洪武三年(1370)举明经，召修《元史》，史成，受赐归乡。洪武五年奉命出任浙江乡试官，次年任国子助教，后改作中都国子监，教授勋臣子弟。文章冲融和雅，诗风温厚之中自然高秀，领袖一时。 ②越土：越地，指今浙江一带。阆苑：传说中神仙居住的地方。 ③珊瑚树：这里指牡丹树。 ④玛瑙杯：这里指牡丹花。 ⑤五侯：古代指公、侯、伯、子、男五等诸侯。泛指权贵豪门。

【诗义解说】

有名的花朵刚开香气就散发出来，跟着客人一起顶着雨前来观赏。越地的一枝是从仙境阆苑里分来，春风中一枝三朵牡丹都出自瑶台之上。早晨的乌云浓重地压在珊瑚树上，隔夜的露水倾泻在玛瑙酒觞。重新回忆起当年歌舞的地方，五侯家的池馆边有千堆锦绣一片霞光。

清·边寿民《花卉图卷·牡丹》

边寿民(1684～1752)，原名维祺，字寿民，后字颐公、渐生、苇间居士等，江苏山阳（今淮安）人。以善画芦雁名闻海内。又善以淡墨干笔皴擦小品，更为佳妙。工诗词，精书法。和郑板桥、金农等人齐名。此长卷共绘十种花卉，用笔饱满，造型简洁，下笔沉稳，泼墨奔放恣肆，用笔外拓。此处所选为牡丹一段。

徐子厚宅赏牡丹二首之二 [明]袁凯[1]

名花朵朵拥雕檐，画烛双双出绣帘[2]。
最是主人能爱客，高堂春酒夜厌厌[3]。

【难点疏通】

①袁凯，生卒年不详。明初诗人。字景文，号海叟。松江华亭（今上海市松江县）人。早年好学，曾做《白燕》诗，一座为之惊服，因称“袁白燕”。元末曾为府吏，明初授监察御史，因受朱元璋憎恶，佯装疯癫，得归故里，盘桓山水间，以避监视。 ②画烛：有画饰的蜡烛。 ③春酒：冬酿春熟之酒，亦指春酿秋冬始熟之酒。厌厌：安逸。

【诗义解说】

朵朵名贵的牡丹簇拥在雕檐之下，一对对有画饰的蜡烛从绣帘里端出。因为主人十分地好客，高大的厅堂里摆上春酒夜晚过得多么愉快。

清·边寿民《牡丹图》

在古人画的牡丹中，边寿民的这幅牡丹可谓别具一格，一个不规则的花瓶，用淡墨勾出轮廓，用石青填色。牡丹花瓣用淡墨渲染，浓墨点蕊，叶子用浓墨，以衬花朵。画面用笔极少，但神韵不减，墨色淋漓，情趣盎然。

题扇面牡丹花

[明]刘基[1]

沉香亭畔月华流，掌上孤鸾镜里愁[2]。
舞罢春风却回首，六宫红粉总包羞[3]。

【难点疏通】

①刘基(1311～1375)：字伯温，谥文成。元末明初军事家、政治家及诗人，通经史、晓天文、精兵法。因辅佐朱元璋完成帝业，开创明朝并尽力保持国家安定，因而驰名天下，被后人比作诸葛亮。　②孤鸾：《艺文类聚》卷九十引南朝宋范泰《鸾鸟诗序》："昔罽宾王结罝峻卯之山，获一鸾鸟。王甚爱之，欲其鸣而不能致也。乃饰以金樊，飨以珍羞，对之愈戚，三年不鸣。其夫人曰：'尝闻鸟见其类而后鸣，何不悬镜以映之？'王从其意。鸾睹形悲鸣，哀响中霄，一奋而绝。"此代指镜。　③六宫：皇宫中嫔妃所居之处。包羞：忍受羞辱。此句指六宫粉黛均没有牡丹好看而害羞。

【诗义解说】

沉香亭边月光正在流动，手上端着镜子看自己有些发愁。在春风里一曲舞完回头望去，六宫中的美女都感到害羞。

清·汪士慎《春风香国图》

汪士慎(1686～1759)，清代著名画家。字近人，号巢林、溪东外史等。安徽休宁人，寓居扬州。在诗、书、画、印诸方面皆有很高的成就。擅画花卉，随意勾点，清妙多姿。精画兰竹，尤擅长画梅，笔致疏落，超然出尘，意韵幽秀，气清而神腴，墨淡而趣足，其秀润恬静之致，令人争重。为"扬州八怪"之一。工诗，善写隶书，又长篆刻。图绘梅、兰、竹、牡丹等花卉，梅花自右下角斜出，虬曲延伸，枝下兰、竹、牡丹穿插其间。笔法细腻，神采飞扬。

题折枝牡丹图

[明]刘崧[1]

华清野尘未曾来[2]，孔雀屏深扇影开。
九奏乐停春日午[3]，绿衣初进紫霞杯[4]。

【难点疏通】

①刘崧(1321～1381)：字子高，原名楚，号槎翁，元末明初文学家，泰和珠林（今属江西泰和塘洲镇）人，为江右诗派的代表人物，官至吏部尚书。谥恭介。　②“华清”句：反用杜牧《过华清宫绝句》中“一骑红尘妃子笑，无人知是荔枝来”句子。　③九奏：古代举礼仪活动时所奏的音乐九曲。《书·益稷》：“《箫韶》九成，凤凰来仪。”孔传：“备乐九奏而致凤凰。”　④紫霞杯：指紫色牡丹。

【诗义解说】

来华清池送荔枝的马还没有到，孔雀屏风后深深的庭院里打开折扇。演奏的九支乐曲已停时间到了中午，绿色叶子刚刚托出一朵紫色牡丹。

清·黄慎《人物山水花卉图·牡丹》

黄慎(1687～1768)，清代画家。初名盛，字恭寿、躬懋、菊壮，号瘿瓢子，别号东海布衣。福建宁化人。工草书。画人物多取神仙故事为题材，间作山水、花鸟，得荒率之致。图绘两枝牡丹，一为嫩芽，一为正在盛开。花瓣用笔率直，几笔勾出花瓣，浓墨点叶，互相衬托。

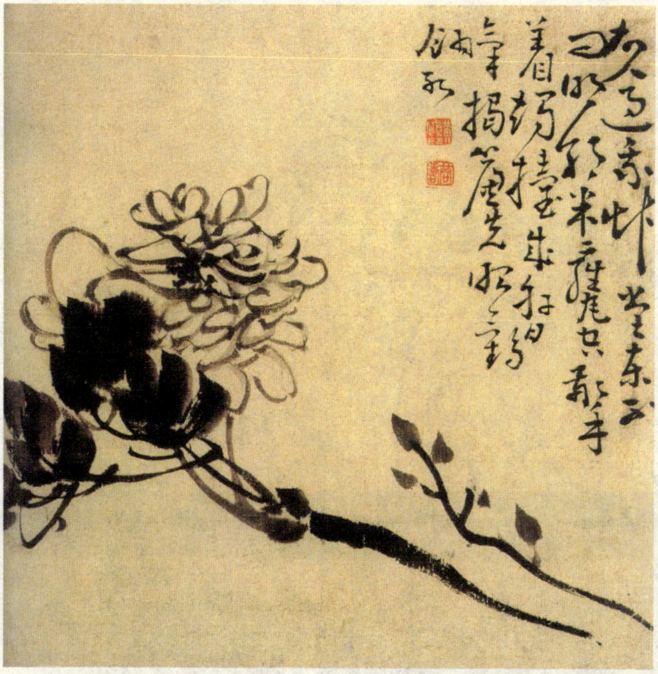

宫词

[明]朱权[1]

雾天旭日敞金扉[2]，和气氤氲满禁闱[3]。
宝殿昼长帘幕静，牡丹花下蝶交飞。

【难点疏通】

①朱权(1378～1448)：明代道教学者、戏曲理论家、剧作家。字臞仙，号涵虚子、丹丘先生，自号南极遐龄老人、大明奇士等。朱元璋第十七子。年十五封于大宁（今属内蒙古赤峰市宁城县），称宁王。年二十五改封南昌。与四十三代天师张宇初友善，拜之为师，研习道典，弘扬道教义理。曾于西山缑岭(今属南昌市)创建道观与陵墓，隐逸学道。卒谥献，又称宁献王。 ②金扉：华贵的门户。 ③禁闱：宫内或朝廷。

【诗义解说】

天空晴朗旭日当空敞开了华贵的大门，温暖的气息充满了宫廷之中。白天很长宫殿里放下帘幕十分安静，牡丹花下有一对蝴蝶在交互飞行。

清·黄慎《天官赐福图》

此图绘天官赐福，道教奉天、地、水为三神，亦叫三官，天官即其中之一。每逢正月十五日下到人间，校定人之罪福，故称“天官赐福”。旧时用作祈福消灾的吉利话。中间着红衣者即为天官，左侧一人送上花瓶，瓶中插着牡丹和玉兰。右侧一童子躲在天官身后观看。人物形象生动，用笔工整。

题赵昌所画御屏牡丹①

[明]浦源②

绿芜春雨洛阳城，不见名花国已倾③。
影落画屏何处物？断金残粉故宫情。

【难点疏通】

①赵昌：北宋画家。擅画花果，多作折枝花，兼工草虫。 ②浦源：约1398年前后在世，字长源，号东海生，无锡（今属江苏）人。至正(1341～1368)年间仕至广平路总管、车都尉，封京兆郡侯。工诗文，与福建林鸿等为诗友，号“十才子”。善画山水。 ③国已倾：即倾国，举国，全国。

【诗义解说】

一阵春雨洛阳城已经绿草成片，还没看见名花就已经万头攒动。画屏上影影绰绰是些什么东西？断了的金线剩下的残粉依然还是故宫的情景。

清·罗聘《山水花卉图册·牡丹》

罗聘(1733～1799)，字遁夫，号两峰，江苏扬州人，祖籍安徽歙县。金农弟子，“扬州八怪”中最年轻者。工诗善画，笔情古逸，思致渊雅。墨梅、兰竹，古趣盎然，道释、人物、山水，无不臻妙。此册共十八开，这里所选为牡丹一开。画面只占右下一角，用笔大气，水墨酣畅，一气呵成。其上留有大片空间，配以画家自题，给人以美好的想象。

山中见牡丹

[明]李祯[1]

不嫌恶雨并乖风[2]，且共山花作伴红。
纵在五侯池馆里，可能春去不成空。

【难点疏通】

①李祯(1376～1452)：字昌祺，一字维卿，庐陵（今江西吉安）人。永乐二年(1404)进士，选翰林院庶吉士，曾参与修撰《永乐大典》。洪熙元年(1425)以才望卓异迁广西布政使，后又任河南布政使。一生刚严方直，素抑豪强，以廉洁宽厚著称。行、楷书亦可观。

②乖风：不顺的风。

【诗义解说】

不怕恶劣的雨与残酷的风，同山里的花一起开出成片的鲜红。即使生长在富贵人家的庭院里，春天过去也不可能全部落尽。

清·罗聘《花卉图册·牡丹》

此册共四开，均为指画，分别绘两开梅花、一开竹子、一开牡丹。此处所选为牡丹一开。画面集中在左下角，用淡墨勾花瓣，浓墨点蕊，下衬几片叶子。虽然笔墨简单，但神采飞扬，心随笔运。上有作者题诗一首：“偶尔灵机茁小芽，放开精彩直无涯。指头既不为心役，天际拈来绝品花。”

重唁山中牡丹[1]

[明]李祯

不烦浇灌不烦栽，长过清明谷雨开。
为问洛阳豪贵客，几家还有旧亭台？

【难点疏通】

①重唁山：其地不详。

【诗义解说】

不厌烦浇水也不厌烦栽种，经常是过了清明到谷雨的时候就开。想问一问洛阳的那些富豪人家，几家还有旧时的亭台？

清·陆灿　薛鋳《云华惜花图》

陆灿，生卒年不详，字介舟，为清嘉庆时人，善写真。薛鋳，生卒年不详，字寿鱼，长洲（今江苏苏州）人。官广西县尹。善画花卉、翎毛。此图绘云华观花沉思的优雅形象。她眉清目秀，身着红色长裙，腰系绿带，外披白氅，捧手侧立。对面湖石挺立，形如石笋，各种颜色的牡丹花围绕湖石，竞相绽放。鲜花美人，相互映衬，更显生动妩媚。

宫词

[明]朱有燉[1]

上都四月衣金纱[2]，避暑随銮即是家[3]。
纳钵北来天气冷[4]，只宜栽种牡丹花。

【难点疏通】

①朱有燉(1379～1439)：号诚斋，又号锦窠老人、全阳道人、老狂生、全阳子、全阳老人等。安徽凤阳人。明太祖朱元璋第五子朱橚的长子。袭封周王，死后谥宪，世称周宪王。杂剧作家。 ②上都：京城。金纱：金黄色的丝织品。 ③銮：古代帝王的车驾上有銮铃，故亦作帝王车驾的代称。 ④纳钵：亦作“纳宝”，契丹语译音。相当于汉语的“行在”，辽、金、元时国君的行营。元·周伯琦《扈从诗序》：“启行至大口，留信宿，历皇后店皁角，至龙虎台，皆纳钵。犹汉言顿宿所也。”

【诗义解说】

上都四月就可以穿金黄色的纱衣，随着銮驾走到哪里哪里就是家。越往北走天气就越冷，这个地方只适合种植牡丹花。

清·汤贻汾《花卉山水图·牡丹》

汤贻汾(1778～1853)，字若仪，号雨生，晚号粥翁，江苏武进（今江苏常州）人。以祖父难荫袭云骑尉，擢温州副总兵，因病不赴，退返金陵。太平天国克金陵，阖门殉清廷而死。谥贞愍。凡天文、地舆、百家之学，咸能深造。书、画、诗、文并臻绝品。弹琴、围弈、击剑、吹箫诸艺靡不精好。点染花卉，闲谈超脱，画梅极有神韵。间写松柏，颇能入古。木石、花鸟、人物、鱼虫无不妙。此图册共十四开，此所选为牡丹一开。

次韵牡丹

[明]朱升①

碧玉丛中锦绣堆，浓酣春日自低回②。
绝怜国色华中主，几费诗人洛下杯。
清胜麝囊香乍拆③，艳匀宫采巧初裁④。
何时去作长安客，玩赏相随一笑回。

【难点疏通】

①朱升(1299～1370)：字允升，休宁人。元末(1367)举乡荐，为池州学正。弃官隐石门，学者称枫林先生。明初召为翰林学士，尤精《易经》。著《枫林集》十卷。 ②低回：徘徊。 ③乍拆：刚开。 ④宫采：宫中的彩样。

【诗义解说】

碧玉一样的叶子中堆着锦绣，春日畅饮之后在花前徘徊。特别喜欢最美的颜色在花中首屈一指，费尽了多少诗人在洛阳的酒杯。清香胜过刚刚打开的麝囊，均匀的颜色像宫中彩样精巧剪裁。什么时候到长安去做一次客，跟着人们去观赏牡丹然后尽兴而回。

清·虚谷《牡丹图》

虚谷(1823～1896)，籍本新安（今安徽歙县），家于广陵（今江苏扬州）。俗姓朱，名怀仁。初任清军参将与太平军作战，意有感触而出家，名虚白，字虚谷，号倦鹤、紫阳山民等。以字行，室名觉非庵、古柏草堂、三十七峰草堂等。不茹素，不礼佛，惟以书画自娱，山水、花卉、蔬果、禽鱼落笔冷隽，蹊径别开。书法亦奇古绝俗。图绘牡丹与寿石，用以象征富贵与长寿，下配兰花。用笔方折老健，色彩鲜艳和谐。

题画牡丹写生

[明]沈周①

老矣东风白发翁，怕拈粉白与脂红。
洛阳三月春消息，在我浓烟淡墨中②。

【难点疏通】

①沈周(1427～1509)：字启南，号石田、白石翁、玉田生、居竹居主人等。长洲（今江苏苏州）人。不应科举，专事诗文、书画，是明代中期文人画“吴派”的开创者，与文徵明、唐寅、仇英并称“明四家”。　②浓烟：浓墨。

【诗义解说】

东风吹拂着我这个白发老翁，怕碰到画画的颜料粉白与脂红。洛阳三月传来春天的消息，都进入了我浓淡的墨色之中。

清·赵之谦《花卉图册·牡丹》

赵之谦(1829～1884)，会稽（今浙江绍兴）人。初字益甫，号冷君，后改字㧑叔，号铁三、憨寮、悲庵、无闷、梅庵等。官至江西鄱阳、奉新知县，工诗文，擅书法，自成一格，奇倔雄强，别出时俗。善绘画，为清末写意花卉之开山鼻祖。篆刻博取秦诏、汉镜、泉币、汉铭文和碑版文字等入印，一扫旧习，所作苍秀雄浑。此图册共十二开，此处所选为牡丹一开。

刻丝牡丹[①]

[明]史鉴[②]

中原新尚女真黄[③]，姚魏含羞怨夕阳。
谁拘春风上机杼[④]，又随番使过钱唐[⑤]？

【难点疏通】

①刻丝：又称缂丝，是中国最传统的一种挑经显纬的装饰性丝织品。宋元以来一直是皇家御用织物之一，常用以织造帝后服饰、御真（御容像）和摹缂名人书画。 ②史鉴(1434～1496)：字明古，吴江（今江苏苏州）人。书无不读，尤熟于史。隐居不仕，留心经世之务。居西村，人称“西村先生”。诗格典雅。 ③女真黄：周师厚《洛阳牡丹记》：“女真黄，千叶浅黄色花也。元丰中，出于洛氏银李氏园中，李以为异，献于大尹潞公，公见而要之命女真黄。其开头可八九寸许，色类丹州黄而微带红，温润匀荣，其状色端整类刘师阁而黄。诸名圃皆未有，然亦甘草黄之比欤。” ④机杼：织布机。 ⑤番使：旧称少数民族或外国的使者。钱唐：今浙江杭州。

【诗义解说】

现在中原人又喜欢上了女真黄，姚黄魏紫在夕阳下感到心情不畅。是谁把春风放到了织布机上，又跟着外国使者过了钱唐？

清·赵之谦《花卉图屏·牡丹寿石》

此为四条屏，此处所选为牡丹寿石一屏。一块玲珑剔透的湖石居于图的下方，上部是红粉黄等各色牡丹，簇拥在茂盛的叶子里。花朵有盛开，有半开，有含苞待放。湖石下点缀着几株小草。全图色彩艳丽，雍容华贵，富丽堂皇。用笔细腻，色彩搭配合理。

牡丹初开爽奂张幕以护 [明]吴宽[1]

春深喜见一枝红，翠幕高张日正中。
为语两郎须记取[2]，爱身当与爱花同。

【难点疏通】

①吴宽(1435～1504)：明代诗人、散文家、书法家。字原博，号匏庵，玉亭主，世称匏庵先生。直隶长洲（今江苏苏州）人。工诗文，善书。　②两郎：指标题上的爽奂二人。

【诗义解说】

春深的时候高兴地看到一枝开得正红，中午时分太阳当空高高地遮起了帷帐。告诉两个孩子一句话你们要记住，爱惜自己应该就跟爱花一样。

清·赵之谦《牡丹图》

此图以秀石、牡丹入画，秀石耸立，略向右倾，枝叶繁茂的牡丹从后向秀石压来，花朵颜色众多，争奇斗艳，浓墨点叶，使花朵更为鲜明。石下野草披拂。牡丹的描绘兼用没骨、勾线填色二法，并将其统一在凝重沉厚的笔法之中，敷以红、黑、绿等重色，在对比中求协调，使画面浓丽热闹，雅俗共赏。

东园送白牡丹

[明]吴宽

故园两岁梦鞓红，凤尾花新百种空[①]。
锦幄未能如富贵[②]，瓦盆亦足慰衰翁。
一枝争卖金钱满，三朵齐开玉盏同[③]。
独恨春深无暇赏，暮归吹落又狂风。

【难点疏通】

①凤尾：牡丹的一个名贵品种。　②锦幄：锦制的帷幄。亦泛指华美的帐幕。　③玉盏：玉饰的酒杯。

【诗义解说】

故乡的鞓红两年来都进入我的梦中，凤尾刚开的时候其他百花都没了踪影。不能像富贵人家那样围起锦帐，栽在瓦盆里也足以慰藉我这个年迈的老翁。卖出一枝就会获得许多金钱，三朵一起开放就跟玉杯一样晶莹。可恨的是春色已深没有时间欣赏，夜晚归来又被狂风吹得花瓣飘零。

清·赵之谦《花卉图屏·大富贵》

这是作者所绘花卉四条屏之一。图绘数株牡丹从右下角向上伸出，下部全是树干，没有叶子和花朵，至中部形成绿叶和鲜花的繁盛局面，花朵在绿叶丛中，有的渲染，有的勾边，风格各异。石绿绘叶，浓墨勾筋。全图雍容大度，妍雅非凡。

题画牡丹

[明]李东阳[1]

彩毫和露写名花[2]，紫艳分明出魏家。
应是洛阳归梦远[3]，缁尘红土半京华[4]。

【难点疏通】

①李东阳(1447～1516)：字宾之，号西涯，湖广茶陵（今湖南茶陵）人。历任翰林院庶吉士、翰林院编修、应天府乡试考官、礼部右侍郎、文渊阁大学士等。著名政治家、文学家、书法家。诗文典雅工丽，其诗影响形成“茶陵诗派”。 ②彩毫：彩笔。 ③归梦：归乡之梦。 ④缁尘：黑色灰尘。

【诗义解说】

彩笔和着露水绘写名花，艳丽的紫色显然是出自魏家。想要去洛阳路途还十分遥远，红尘滚滚遮蔽了半个京华。

清·任伯年《牡丹图》

此图可分三个层次，下部为一块怪异的山石，中部是茂密盛开的牡丹，上部为两枝正在发芽的枯枝。山石用墨笔勾出轮廓，淡墨皴擦，浓墨表现纹理。牡丹花朵有勾有染，叶子有用墨有用色，使整个画面显得丰富多彩。

牡丹

[明]桑悦[1]

尤物开何晚[2]，余香贮小亭。
繁华愁日暮，富贵自天成。
花合隋时宠[3]，根疑宋末生。
拂衣寻古色[4]，屋角老松青。

【难点疏通】

①桑悦(1447～1503)：字民怿，常熟（今江苏常熟县）人。明宪宗成化年间举人，迁柳州府通判，因父丧事归，遂不出。为人怪妄，敢为大言以欺人。有《思元集》十六卷。②尤物：本指姿色俊美的女子，这里指颜色特别美丽的牡丹花。 ③合：应当。 ④拂衣：犹言振动衣袖。

【诗义解说】

奇艳的牡丹开得是那样的晚，浓郁的香气弥漫于小凉亭。盛开的鲜花让人犯愁的是夜幕降临，不过富贵之态是天然生成。这种花应该在隋朝时期就受到了宠爱，怀疑在宋末时候就扎下了根。抖动一下衣服寻找古老的颜色，在屋子角落里看到了苍劲的古松。

清·任伯年《牡丹飞禽图》

此图所绘山石向左倾斜，造成一种不安全感，牡丹也随着山石斜向左方，一枝枯干直立，与倾斜的牡丹形成交叉。下方两只小鸟，正向山石方向飞来，为画面增加了动感，同时也平衡了一点儿画面的倾斜，构思十分巧妙。

岁寒亭前牡丹谢 [明]储巏[1]

眼看春去减秾华[2]，倚槛依依影共斜。
开向省中犹不赏[3]，错将漂泊怨天涯。

【难点疏通】

①储巏(quán)(1457～1513)：字静夫，号柴墟。泰州（今属江苏）人。自幼聪慧过人，五岁过目成诵，九岁能写文章，号称“神童”。科举进身，曾任过户部右侍郎、吏部左侍郎，官至三品。死后谥号为文懿。　②秾华：花木繁盛。　③省中：古代指王宫禁地。

【诗义解说】

眼看春天就要过去繁华开始衰减，倚在栏杆边跟花的影子一起倾斜。开在皇宫里不知道欣赏，毫无理由地埋怨漂泊在天涯。

清·任伯年《日利大利图》

作者所画山石多带有很大的倾斜角度，此图也是这样。图中山石倾向左方，从右侧伸出的牡丹覆盖在山石上，牡丹下方还有一丛菊花。石的下部有一只母鸡，正仰头看着牡丹，似在考虑那上面有没有可吃的东西，韵味十足。

题画牡丹

[明]文徵明[①]

粉香云暖露华新，晓日浓熏富贵春。
好似沉香亭上见[②]，东风依约可怜人[③]。

【难点疏通】

①文徵明(1470～1559)：原名壁，字徵明。四十二岁起以字行，更字徵仲。因先世衡山人，故号衡山居士，世称“文衡山”，明代画家、书法家、文学家。长洲（今江苏苏州）人。曾官翰林待诏。在诗文上，与祝允明、唐寅、徐真卿并称“吴中四才子”。在画史上与沈周、唐寅、仇英合称“明四家”。 ②沉香亭：在唐兴庆宫内，李白曾在此为杨贵妃写《清平调》三首。 ③依约：仿佛，隐约。可怜人：可爱的人，指杨贵妃。以喻牡丹。

【诗义解说】

粉带香气云带暖气露水晶莹，春天里早晨的阳光映照着牡丹花丛。好像在沉香亭上曾经见过，东风吹拂中隐约看见了那位可爱的人。

清·任伯年《牡丹孔雀图》

图绘围栏里生长着一丛牡丹，下方一只孔雀落在横竿上，神态安详。牡丹花有盛开，有半开，有的含苞待放，叶子近浓远淡，表现出了空间距离。构图典雅，色彩斑斓。

同王履约过道复东堂时雨后牡丹狼藉存叶底一花

[明]文徵明

推脱尘缘意绪佳[1]，冲泥先到故人家[2]。
春来未负樽前笑，雨后犹余叶底花。
矮纸凝霜供小草[3]，浅瓯吹雪试新茶[4]。
凭君莫话蹉跎事[5]，绿树黄鹂有岁华。

【难点疏通】

①推脱：推掉。 ②冲泥：踏着泥泞。 ③矮纸：短纸，小纸片。凝霜：指纸像霜一样白。小草：写小字。 ④瓯：茶杯。雪：指浮在茶上的泡沫。 ⑤蹉跎：日子过得不顺。

【诗义解说】

推脱掉世俗之事心情特别的好，踏着泥泞的道路来到老朋友家。春天到来没有辜负杯前的欢笑，一阵雨后仍然还有一朵叶底的花。洁白的小纸片可以写写小草，吹着浅杯上的泡沫试饮刚下来的新茶。大家在一起不要说那些不愉快的事，绿树和黄鹂还享受着岁月年华。

清·任伯年《孔雀牡丹图》

图的下部绘有凉亭的一角，一只蓝孔雀站在亭上，回头向上观望，把读者的视线引向了那片茂盛艳丽的牡丹花丛。凉亭用笔率意，孔雀则精雕细刻，顾盼生姿，颇有王者风范。牡丹花瓣均用双勾，再染以颜色，姣美无限。

墨牡丹

[明]唐寅[①]

春风吹恨上红楼，日自黄昏水自流。
谷雨清明都过了，牡丹相对共低头。

【难点疏通】

①唐寅(1470～1523)：字伯虎，又字子畏，号六如居士。吴县（今江苏苏州）人。弘治十一年(1498)举应天解元。后应进士试，因科场案被革黜。秉性疏朗，任逸不羁。画以人物最为著名，但山水、楼观、花鸟也无不臻妙，自成一格。

【诗义解说】

春风吹着怨恨上了红楼，每天太阳都会落山河水自然奔流。谷雨和清明两个季节都已过去，牡丹相互对着都低下了头。

清·任伯年《牡丹猫石图》

图的左边山坡上生长着几株牡丹，大角度地向右倾斜，右边的山石向左倾斜，由此找回了二者的平衡。树桩上蹲着一只小猫，正闭目养神，上部是大面积的空白。山石树桩用笔粗犷，花朵晕染得体，叶子用墨用色都比较重，以衬花朵。小猫寥寥几笔，神态毕现。

题牡丹画

[明]唐寅

谷雨花枝号鼠姑[①]，戏拈彤管画成图[②]。
平康脂粉知多少[③]，可有相同颜色无？

【难点疏通】

①鼠姑：牡丹的别名。　②彤管：画笔。　③平康：唐长安丹凤街有平康坊，为妓女聚居之地。亦称平康里、平康巷。脂粉：指代美女。

【诗义解说】

谷雨时节的花名字叫鼠姑，随便拿起画笔将其描绘成图。平康里的美女不知有多少，是否有可与牡丹媲美的姿色？

清·任伯年《牡丹图》

图绘山石边长着几株牡丹，有两朵正在盛开。石上一只小鸟，正大步向牡丹走来，一定是受到了花香的吸引。两朵牡丹一用色晕染，一先勾出花的轮廓，再填颜色。小鸟用笔虽简，但十分传神。

怀舍中牡丹

[明]蔡羽[1]

轻薄东风燕子斜[2]，长安有客未还家。
烧灯不是春山夜[3]，对月虚怀旧馆花。
卧处小屏霞寂寞，梦中芳草蝶喧哗。
天涯物候关情极[4]，乘兴思浮碧海槎[5]。

【难点疏通】

①蔡羽(？～1541)：字九逵，自号林屋山人，又称左虚子。江苏吴县（今江苏苏州）人。从小丧父，由母亲教授读书。十二岁能操笔作文，富有奇气。与祝允明、文徵明等人先后享誉世间。书法以正、行书见长。②轻薄：减少，减轻。 ③烧灯：燃灯。 ④物候：指动植物的生长、发育、活动规律对气候的反应。情极：感情极为深厚。 ⑤槎：竹筏。

【诗义解说】

东风渐弱燕子在天空中飞行，客居长安的人还没有回到家。点灯不是在春天山乡的夜晚，对着月光白白怀念旧池馆的鲜花。我所卧的小屏风后面彩霞也显得寂寞，梦中芳草上蝴蝶在不停地喧哗。对边远地区的季节变化怀有极大的热情，乘着兴致想乘竹筏到碧海天涯。

清·任伯年《牡丹·鸽图》

图绘山石上落着一只鸽子，上部是盛开的牡丹，牡丹有红有白，颜色对比鲜艳，上有刚刚发芽的枯枝。山石用笔随意，花叶用笔细腻，叶脉清晰可见。鸽子神态安详。画面润泽，清新宜人。

牡丹　[明]陈道复[1]

洛下花开日，妆成富贵春。
独怜凋落后，为尔贮丰神[2]。

【难点疏通】

①陈道复(1483～1544)：初名淳，字道复，后以字行，改字复甫，号白阳山人，长洲（今江苏省苏州市）人。擅画花卉，笔致放逸，自成面目。后世称其与徐渭为“青藤白阳”。山水亦佳，工书法，善诗文。自小天资颖异，凡经学、古文、诗词、书法，无不精研通晓。在绘画上也极具天赋，下笔不凡。　②尔：牡丹。贮：这里指把牡丹画下来。丰神：风貌神情。

【诗义解说】

洛阳牡丹花盛开的时候，都被装扮成了富贵的春景。而我则可怜牡丹凋落以后，所以用画笔保留下来牡丹的神韵。

清·任伯年《牡丹蛱蝶图》

画的背后山石兀立，山下牡丹盛开，一只蝴蝶正向花飞来。因为有了蝴蝶，似乎让人嗅到了花的香气。花朵用色晕染，墨色华滋。叶子茂密，浓绿欲滴，衬托得花朵格外艳丽。山石用笔勾出轮廓，再用墨或擦或染，质感极强。

白牡丹

[明]陈道复

粉态含香露未干[1]，冰肌尤怯晓宫寒[2]。
沉香亭北人如玉，一笑东风半倚阑。

【难点疏通】

①粉态：粉色花瓣。　②晓宫：拂晓时的宫殿。

【诗义解说】

粉色花瓣散发着香气露水还没有干，冰一样洁白的肌肤仍然害怕拂晓宫殿里的严寒。沉香亭北那个人像玉一样，在东风里嫣然一笑身子半倚着栏杆。

清·任伯年《吉金清供图》

图绘一花瓶内插着梅花，一鼎内插着牡丹，一盘内放着枇杷，下部放有钟鼎铭文两幅，整幅画显得古色古香。梅花虬曲多姿，牡丹雍容华贵，枇杷色泽金黄，叶子浓绿，显然刚从树上摘下，新鲜无比。

牡丹

[明]薛蕙[1]

锦园处处锁名花，步障层层簇绛纱[2]。
斟酌君恩似春色[3]，牡丹枝上独繁华。

【难点疏通】

①薛蕙(1489～1539)：字采君，号西原。祖居安徽亳州城内薛家巷。正德九年(1514)进士，授刑部主事。因谏武宗皇帝南巡，受廷杖夺俸，引疾归里。后复起用，任吏部考功司郎中。嘉靖初朝中发生“大礼”之争，薛蕙撰写万言书，反对皇上以生父为皇考，招致皇帝大怒，押于镇抚司。后赦出，病死家中。被追封为太常少卿。　②步障：用以遮蔽风尘或视线的一种屏幕。　③斟酌：反复考虑。

【诗义解说】

到处的锦绣园林里都锁着名花，一层层屏风遮挡着红色轻纱。考虑到君王的恩情就像这春天的颜色，在牡丹的枝头上独自繁华。

清·任伯年《牡丹双鸡图》

此图构图以欹反正，措景以方衬圆，石笋斜出，双鸡立于石巅，石下牡丹怒放。粉红、鲜蓝的牡丹花，在金黄色嫩叶的簇拥下显得无比娇艳。粉花金叶又同黄羽红冠的公鸡上下呼应，辉煌灿烂，令人目眩神迷。

折枝牡丹

[明]陆治[1]

东风拂面花饶笑，浥浥轻韶沁玉肌[2]。
绰态玲珑那得似？水晶宫里月明时。

【难点疏通】

①陆治(1496～1576)：字叔平，号包山，吴县（今江苏省苏州市）人。工诗文，善行、楷书法。善画花鸟、山水。花鸟以工笔见胜，勾勒精细，敷色清丽，有妍丽派之称，与陈淳并重于世。山水用笔劲峭，景色奇险，意境清朗，自具风格。 ②浥浥：湿润。轻韶：轻曼的乐曲。

【诗义解说】

东风拂面都露出了笑脸，清冷的乐曲沁入玉一样的肌肤。那种妖娆婀娜的姿态跟什么相似？就像在水晶宫里月光如水的时候。

清·任伯年《牡丹猫石图》

一束黄色牡丹被浓绿的叶子托出，山石上坐着一只小猫，猫也被牡丹的美色所吸引，正在痴情地观赏，从侧面反映出了花的美丽。花朵用墨晕染，叶子用浓淡不同的颜色表现其向背。猫用笔简略，却十分传神。

题墨牡丹　[明]文彭[1]

倾国初舒艳，凌波尚怯寒[2]。
春光两相竞[3]，并作一时看。

【难点疏通】

①文彭(1498～1573)：字寿承，号三桥，江苏苏州人，书画家文徵明长子。曾任南京国子监博士。善画墨竹，老笔纵横。亦工山水，花果亦佳。精书法，自成一家。尤精篆刻，风格工稳，与何震并称“文何”。为文人流派印章之开山鼻祖。诗文亦佳。②凌波：生长在水边。③“春光”句：意谓牡丹与春光都在争相表现自己。

【诗义解说】

举世无双的牡丹刚刚绽出花瓣，生长在水边还有些怕寒。春光与牡丹都在努力表现自己，我们则把二者放在一起观看。

清·任伯年《牡丹孔雀图》

图绘左侧一角山石，中间簇拥着盛开的牡丹，一只大孔雀站在花的后面，正在观赏鲜花。花朵有红、有紫、有白，构成了一幅争奇斗艳的画面。山石用笔随意勾出，孔雀用墨擦染，虽然着墨不多，但均恰到好处。

牡 丹 [明]王谷祥[1]

雕槛特藏春，瑶台倚太真[2]。
香车倾一顾[3]，惊动洛阳尘。

【难点疏通】

①王谷祥(1501～1568)：字禄之，号酉室，长洲（今江苏苏州）人。嘉靖八年(1529)进士，官吏部员外郎。善写生，渲染有法度，意致独到，即一枝一叶，亦有生色。为士林所重。书法亦精。 ②太真：杨玉环的号。 ③香车：用香木做的车。泛指华美的车或轿。

【诗义解说】

雕栏里面藏着特别的春天，就像倚在瑶台上的杨太真。华美的车轿一起前来光顾，洛阳的街上就扬起了漫天的灰尘。

清·任伯年《花鸟图册·牡丹》

此花鸟图册共八开，这里选的是牡丹一开。图上绘有牡丹一朵，用墨色晕染而成，叶子用黄绿不同的颜色表现其正面与背面，花的背后用十分清淡的墨色绘出一块山石，为牡丹营造了一个和谐的背景。

咏牡丹

[明]俞大猷[1]

闲花眼底千千种，此种人间擅最奇。
国色天香人咏尽，丹心独抱更谁知[2]。

【难点疏通】

①俞大猷(1504～1580)：字志辅，又字逊尧，号虚江，福建泉州北郊濠市濠格头村人。历任明代三朝，一生坎坷。戎马生涯四十七年，四为参将，六为总兵，累官都督。与戚继光并称“俞龙戚虎”。同时还是兵器发明家、武术家、诗人。　②丹心独抱：指牡丹蓓蕾。

【诗义解说】

普通的花我的眼睛里看过千万种，只有这种花在人间最为出奇。国色天香都被人们吟咏殆尽，它怀有的一颗丹心有谁知悉？

清·任伯年《花鸟图册·牡丹》

这幅牡丹别具特色，花朵不是人们常见的那种团形，而是层层叠叠往上生长，花瓣分出层次，尖端托出花蕊。两侧还配有蓝色小花，更使牡丹鲜艳夺目。整个画面水墨淋漓，十分润泽。

题墨牡丹

[明]徐渭[1]

五十八年贫贱身，何曾妄念洛阳春。
不然岂少胭脂在[2]，富贵花将墨写神[3]。

【难点疏通】

①徐渭(1521～1593)：字文长，号天池山人，晚年号青藤道士，或署名田水月。山阴（今浙江绍兴）人。少年屡试不第。中年以后任浙、闽总督胡宗宪幕僚，对当时军事、政治和经济多所筹划。晚年生活贫苦，以卖书画为生。文学家兼书画家，诗文、戏曲著作丰富，中年以后开始学画，擅长画花鸟，兼能山水人物，水墨写意，气势纵横奔放，不拘绳墨。与陈道复齐名，并称“青藤白阳”。

【诗义解说】

五十八年来一直是个贫穷的人，何曾过分地期望过洛阳的春天？不然哪里会缺少胭脂之类的颜料，我却把富贵之花用墨进行渲染。

清·任伯年《岁朝图》

图绘花架上一秀丽花盆里，生长着正在盛开的牡丹。地下一个花盆里，生长着结出果实的青梅。地下放着水仙和鳜鱼。整个画面构出了一幅荣华富贵的场面。构思巧妙，深色花架上放着一个淡色花盆，为的是衬托牡丹的鲜艳。鳜鱼用笔简略，却神态毕现。

题水墨牡丹

[明]徐渭

墨染娇姿浅淡匀，画中亦足赏青春①。
长安醉客靴为祟②，去踏沉香亭上尘。

【难点疏通】

①青春：春光。 ②祟：作怪。

【诗义解说】

墨染的娇美姿态浅淡都十分合适，看画也足以欣赏到明媚的春景。在长安喝醉了酒都是靴子作怪，去践踏沉香亭里堆积的灰尘。

清·任伯年《玉堂宝贵图》

画的底部绘出几块山石，旁边生长着几株牡丹，牡丹花朵艳丽，枝叶繁茂，上有两只小鸟向高处飞去。整幅画面富丽堂皇，雍容华贵，给人一种良好的祝愿。

适适园牡丹亭　[明]申时行①

洛中移小景，亭北倚新妆。
题处皆名品，开时正艳阳。
露凝酣酒色，风度返魂香②。
解道称姚魏③，繁华压众芳。

【难点疏通】

①申时行(1535～1614)：字汝默，号瑶泉，长洲（今江苏苏州）人。嘉靖四十一年(1562)进士，授修撰，历左庶子、掌翰林院事、吏部尚书等，因遭人弹劾，辞官回苏州。卒后加太子太师，谥文定。所著诗文有《赐闲堂集》四十卷。　②返魂香：传说中的一种药物，据说能飘数百里，死人闻到此香也能活过来。　③解道：明白。

【诗义解说】

从洛阳移来了小小的风景，亭子的北面就换了新妆。有题诗的地方都是名品，开花时节正是晴空万里的时光。露水凝结在鲜红的牡丹花上，风吹过送来阵阵清香。明白的人都知道这就是姚黄和魏紫，盛开的时候超过了所有的花香。

清·任伯年《牡丹孔雀图》

图绘两只孔雀，一雌一雄，立于坡石之上，底部小草茸茸，上部是盛开的牡丹。雄孔雀长尾托地，雌孔雀在它的羽翼之下，显得亲密而和谐。牡丹一绿一白，还有未开的蓓蕾，与孔雀一起，构成了一幅美好的图景。

小园初植牡丹结亭垂就忽放一花时逼长至①

[明]申时行

新除药圃结亭台②，倾国奇葩忽自开。
霜后着花还傲菊，春前破萼肯输梅。
诏华岂为三冬借③，阳气真从九地回④。
敢谓青皇私绿野⑤，名园桃李暗相猜。

【难点疏通】

①逼：近。长至：夏至。 ②新除：刚开出来。药圃：花圃。 ③诏华：通“韶华”，美好的时光。常指春光。三冬：指冬天的三个月。 ④九地：指地的最深处。 ⑤青皇：青帝，司春之神。

【诗义解说】

刚刚开出一片小园盖上凉亭，倾国的奇葩忽然一枝独开。下霜以后还有花足可以傲视秋菊，春天到来之前就绽开花瓣不肯输给傲雪之梅。融融的春光哪里是从冬天所借，阳和之气真的从地的深层回来。敢说青帝对绿野有一种私情，所以名园里的桃李都暗暗相猜。

清·任伯年《花鸟图册·牡丹小鸟》

此图用颜色染出淡粉色的牡丹，花后落着一只小鸟，旁边一株老干顶天立地，是一幅用写意手法绘出的图，别有一种大气磅礴的气韵。

咏牡丹

[明]眭石[1]

绣幄拥花王，秾姿斗艳阳[2]。
枝枝承日彩，片片引天香。
托植依余地，含清逐后行。
独怜春殿里[3]，歌舞侍瑶觞[4]。

【难点疏通】

①眭石：字东荪，丹阳（今江苏镇江）人，万历进士，官翰林院检讨。著有《眭东荪先生集》。 ②秾姿：艳丽的风姿。 ③春殿：宫殿。 ④瑶觞：玉杯。多借指美酒。

【诗义解说】

彩绣的帷幄环拥着花中之王，艳阳天下展现着艳丽的花光。枝枝都承受着太阳的光华，片片都引来天国的馨香。种植在空闲的土地上，清艳的花朵生长在小园的最后一行。可怜的是在那深宫大院里，歌声舞姿侍奉着达官贵人们饮酒欢畅。

清·任伯年《花鸟图册·富贵寿考》

此图用淡黄底色，营造了一种温润华滋的味道。花朵有红有白有黄，技法有勾有染，鲜艳夺目。下部几枝菊花与之相互呼应。山石上落着一对绶带鸟，相倚相并，亲密无间。一种祝人富贵长寿的意象让人感到十分温馨。

奉和诸社长小园看牡丹

[明]马守真[1]

露滋绣萼弄轻寒，　把酒同君带笑看。
忆昔汉宫人去远[2]，　阿谁今倚玉阑干[3]？

【难点疏通】

①马守真(1548～1604)：名守贞，字湘兰，小字玄儿，又字月娇，因在家中排行第四，人称“四娘”。秦淮名妓。秉性灵秀，能诗善画，尤擅画兰竹，故有“湘兰”之称。另有传奇剧本《三生传》，今已散佚。　②汉宫人：指杨玉环。　③阿谁：唐宋时期口头语言，意即“谁”。“阿”字为发语词，对人亲昵之称多冠以“阿”。

【诗义解说】

露水滋润着秀丽的花朵在轻寒中开放，带着酒跟各位朋友含笑参观。想起来杨玉环已经远离我们，今天有谁倚在这玉色栏杆？

清·任伯年《花卉图册·牡丹》

这幅作品别有风韵，最为突出的是它的叶子，墨色极重，其中托出朵朵牡丹，淡色晕染的花朵在浓黑的叶子中间显得十分抢眼。右下角配以山石，石块方硬，淡墨皴擦，与深色牡丹和谐相处。

牡丹五首之一　[明]冯琦[1]

百宝阑干护晓寒，沉香亭畔若为看[2]？
春来谁作韶华主？总领群芳是牡丹。

【难点疏通】

①冯琦(1558～1604)：字用韫，号琢庵，临朐（今属山东）人。明万历五年(1577)进士。历任编修、侍讲、礼部右侍郎、礼部尚书等职。卒于官，赠太子少保，谥文敏。著有《宗伯集》八十一卷。诗好五古、七古，崇尚乐府、建安之风，游记文章善叙事抒情，寓哲理于其中。　②若为：怎样。

【诗义解说】

百宝镶嵌的栏杆遮挡着清晨的寒冷，在沉香亭边应该怎样观看？谁是春天大好时光的主人？统率百花的领袖就是牡丹。

清·任伯年《牡丹白头图》

牡丹与白头鸟有一种寓意，即夫妇白头偕老、荣华富贵，是一种雅俗共赏的题材。图绘牡丹数枝，花叶繁茂，争奇斗艳。一只白头伫立枝头，凝视远方，似在寻找它的伴侣。作品以没骨法绘枝叶和花朵，用笔洗练灵活。以小写意法绘白头鸟，勾染结合，形象逼真。

白牡丹 [明]陆树声[1]

洛阳春色画图中，
幻出天然夺化工[2]。
不泥繁华竞红紫[3]，
一般清艳领东风[4]。

【难点疏通】

①陆树声(1509～1604)：字与吉，别号平泉，松江华亭（今上海青浦）人，最初冒姓林，嘉靖二十年(1541)会试第一，得中进士，被选为庶吉士授翰林院编修，后又起用为太常卿，掌南京祭酒，管理严格，亲拟学规十二章，训励诸生，为朝廷所看重，提升为吏部右侍郎。神宗即位后，拜为礼部尚书。卒谥文定。有《陆文定公文集》等。 ②化工：造化之功。 ③泥：拘泥。 ④一般：一种。

【诗义解说】

洛阳春天的景色都在画图之中，变幻出天然的景色超过了造化之功。盛开的鲜花不拘泥于红色与紫色，一抹清淡的艳丽展现在东风之中。

清·吴昌硕《花卉图屏·牡丹》

吴昌硕(1844～1927)，原名俊，字昌硕，后以字行，号俊卿、缶庐等，浙江安吉人。工诗文、金石、书画，均有很高成就。以金石书法笔意所作大写意花卉，笔力老辣雄健，色彩浓艳，开创了重彩写意画的一代新风。此为四条屏之一。此为为人祝寿之画，因此显得富丽堂皇。下有寿石，上有数株牡丹，花朵艳丽，色彩丰富，浓墨染叶，使花更显突出。

牡丹

[明]马氏[1]

翠雾红云护短墙，豪华端称作花王[2]。
洛阳宫里杨妃醉，吴国台前西子妆。
芳露淡匀腮粉腻，暖风轻度口脂香。
开时亦自知珍重，静镇东风白昼长[3]。

【难点疏通】

①马氏：生平事迹不详。 ②端称：正确地称作。 ③静镇：安静。

【诗义解说】

翠雾般的叶子花如红色云彩环绕着短墙，豪华的姿态应该正确地称作花中之王。就像洛阳宫殿里喝醉酒的杨贵妃，又像吴国楼台前西施正在化妆。芳香的露水均匀如脸上敷了一层细腻的粉，暖风轻轻吹拂散发出口齿的清香。开的时候也知道表现得珍重，安静地立在东风里白昼漫长。

清·吴昌硕《花卉蔬果图》

此图是作者用大写意法将不同季节的十多种花果蔬菜如牡丹、玉兰、荔枝、荷花、菊花、柿子、葡萄、石榴、白菜、萝卜等绘在一起。下笔灵活潇洒，勾点、泼墨、没骨兼用，笔墨苍劲古朴，用大红大绿等鲜明的对比色彩，强化了作品的可观性。这里所选为牡丹一段。

二色牡丹二首之一[1]

[明]王衡[2]

宫云朵朵映朝霞[3]，百宝栏前斗丽华。
卯酒未消红玉面，薄施檀粉伴梅花[4]。

【难点疏通】

①二色牡丹：牡丹的名贵品种。一个花朵上兼有红白二色，或各半，或不规则杂处。又名“二乔”。 ②王衡(1561～1609)：字辰玉，号缑山，别署蘅芜室主人。江苏太仓人。从小聪颖过人，好学博记，尤好古文诗歌。万历二十九年(1601)第二次上京会试，以第二名考中进士，继而又在殿试中以第二名得中榜眼，授翰林院编修。不久辞官回故里，过着平淡的读书著书生活，终其一生，再未出仕。诗、文、书法都颇有造诣。 ③宫云：仙宫之云。 ④檀粉：檀香木为末制成的香，此指香粉。

【诗义解说】

朝霞之下朵朵牡丹就像仙宫中的一片云，在百宝镶嵌的栏杆边竞相展示芳华。红花如饮晨酒红色还没有消褪，薄薄地涂上一层轻粉陪伴着梅花。

清·吴昌硕《牡丹玉兰图》

图上一株玉兰苍劲有力，直上云霄。两处巨石相对而立，石的周围生长着各色牡丹。此图气势恢弘，雄健泼辣，用笔有金石味。树干枝条坚实挺拔。牡丹花用西洋红，叶子用绿色调墨进行点染，再用焦墨勾筋，设色具有民间绘画特点。

二色牡丹二首之二 [明]王衡

洛阳女儿红颜饶①，血色罗裙宝抹腰②。
借得霓裳半庭月③，居然管领百花朝④。

【难点疏通】

①洛阳女儿：把牡丹花比作洛阳的少女。饶：多。 ②血色罗裙：丝织的红色裙子。宝抹腰：妇女腰中的饰物，洛阳民间称作围腰儿，以方尺之布裁制，绣以花卉，饰以珠宝，紧束腰间腹部。此句借闺阁少女的绚丽装束以形容牡丹花的美丽。 ③霓裳：为唐代琵琶曲《霓裳羽衣曲》。曲中有描绘海天月色的乐章。这里用霓裳夜月的颜色，比喻二色牡丹的半边白色犹如霓裳仙境美丽清雅。 ④花朝：俗传百花的生日。《翰墨记》载：“洛阳风俗，以二月二日为花朝市，士庶游玩。”

【诗义解说】

洛阳女儿美丽的多，鲜红颜色的罗裙扎着饰有宝物的抹腰。从《霓裳羽衣曲》借来半庭月色，居然也能成为百花的领导。

清·吴昌硕《书画合璧图册·牡丹》

此图册共十二开，总体特点是花卉色彩浓郁饱满，中锋用笔有力，墨色淋漓，如色彩浓艳的牡丹、清新皎洁的玉兰、大笔泼墨的荷花、蜿蜒交错的藤条和枯笔篆籀的梅花，无不表现出画家笔墨酣畅、气势磅礴的个性和内在功力。这里所选为牡丹一开。

牡丹 [明]普泰[1]

十年不见牡丹开，
宝地芬芳我独来[2]。
坐赏东风诗未就，
钟声催上说经台。

【难点疏通】

①普泰：僧人。字鲁山，号野庵。深究禅理，又嗜儒学。曾南至应天府，读书于钟山寺。还京师后住隆兴寺。著有《鲁山诗集》。 ②宝地：指寺庙。

【诗义解说】

已经有十年没有看到牡丹花开，寺里的牡丹盛放时我一个人前来。在东风中欣赏鲜花诗还没有写完，钟声就催着走上说经的讲台。

清·吴昌硕《红白牡丹图》

图绘山石顶天立地，红牡丹簇拥在山石的下方，白牡丹则长在高高的山上。红牡丹在绿叶的衬托下，十分艳丽。山石用淡墨擦染，间用黄色。红牡丹用胭脂染出，颜色十分抢眼。白牡丹则用墨笔勾出轮廓，留白以为花瓣。构图奇特，色彩艳丽。

牡丹 [清]恽寿平[1]

人间第一香，秾重不寻常。
几处亭台丽，倾城士女狂。
云霞拥阶砌[2]，锦绣压衣裳。
却笑荷衣客[3]，朝朝彩笔忙。

【难点疏通】

①恽寿平(1633～1690)：初名格，字寿平，以字行，又字正叔，别号南田，一号白云外史、云溪史、东园客等。江苏武进人。清代著名画家。创常州派，为清朝“一代之冠”。山水画有很高成就，以神韵、情趣取胜，与“四王”、吴历并称“清初六大家”。善诗文和书法，诗被誉为“毗陵六逸之冠”，被称为“恽体”。 ②阶砌：台阶。 ③荷衣客：自从屈原有“制芰荷以为衣兮，集芙蓉以为裳”（《离骚》）的比拟后，后世常借“荷衣”指隐者的服装。也代指隐者。

【诗义解说】

牡丹是人间的第一等香花，浓重的气味不同寻常。几处亭台边花开艳丽，全城的士女都为花而疯狂。云霞一样的花朵生长在台阶边，锦绣图案印在了衣裳之上。可笑那些隐居的人们，每天都拿着彩笔不停地奔忙。

清·吴昌硕《牡丹水仙图》

图用淡墨绘出山石，水仙采用勾花填色法所绘，牡丹则用写意手法点写。牡丹取直立之势，水仙则顺坡斜势生长，直斜之姿使画面富于变化。右下角的山石和小丛水仙，起到了均衡画面的作用。

牡丹

[清]恽寿平

五花骢马七香车[①]，去看春日第一花。
十里红尘三月暮[②]，朱栏翠幕是谁家？

【难点疏通】

①骢马：黑白相杂的马。七香车：用多种香料涂饰或用多种香木制作的车。亦泛指华美的车。 ②红尘：车马扬起的飞尘。三月暮：到了三月的月底。

【诗义解说】

五种颜色的骢马驾着七香车，去看春天里的第一花。三月将尽十里远的路上红尘滚滚，红色围栏绿色帐幕那是谁的家？

清·吴昌硕《牡丹图》

图绘一大一小两株牡丹，由于大株花朵太大，由左向右弯曲。小株亦随之弯曲，上有一即将开出的蓓蕾。小株就像大株带领的孩子，紧紧跟随。为使画面平衡，小株上的一枝叶子伸向左方。浓绿的叶子，把红艳欲滴的牡丹映衬得十分好看。

钱选折枝牡丹二首之一①

[清]王士禛②

三尺霜缣写鼠姑③，檀心倒景貌来殊④。
如今疑梦还非梦，曾向南泉见一枝。

【难点疏通】

①钱选：南宋末至元初著名花鸟画家。 ②王士禛(1634～1711)：字贻上，号阮亭，又号渔洋山人。新城（今山东桓台）人。顺治十五年(1658)进士。出任扬州推官。后升礼部主事，官至刑部尚书。康熙四十三年(1704)罢官归里。清代著名诗人、文学家。著有《带经堂集》《渔洋精华录》《渔洋诗话》《池北偶谈》《香祖笔记》等。 ③霜缣：白绢。 ④檀心：浅红色的花蕊。

【诗义解说】

在三尺白绢上绘画牡丹，浅红色的花朵倒映在水中别具风姿。现在看来怀疑是梦又不是梦，曾经在南泉边看见过盛开的一枝。

清·吴昌硕《富贵神仙图》

图的下方绘有一枝牡丹，中间立着几块秀石，上方花架上放着一盆水仙。红艳的牡丹被绿色的叶子托出，两朵花一重色一淡色，相映成趣。秀石用墨染出，再敷以赭黄。盛开的水仙花叶均用双勾，再填颜色。整幅画面色彩艳丽，条理清晰，十分润泽。

牡丹

[清]林麟焻[1]

品题国色总寻常[2]，姚魏争夸压群芳。
不是宣和翻旧谱[3]，何人解赏女真黄。

【难点疏通】

①林麟焻：生卒年不详，字石来，号玉岩，福建莆田（今属福建）人。清康熙九年(1670)进士，授官中书舍人。二十年充顺天府乡试考官，二十一年奉命出使琉球国为副使，使毕复命，升迁户部广西司员外郎。三十三年擢为朝议大夫、按察司佥事、提督贵州学政。　②品题：评论。　③宣和：北宋徽宗时的第六个年号，共七年(1119～1125)。

【诗义解说】

评论倾国倾城的牡丹总是很平常，姚黄魏紫争相炫耀压倒群芳。不是翻出宣和年间的旧谱，有谁懂得欣赏名贵品种女真黄？

清•吴昌硕《富贵清高图》

图绘一束牡丹，两株玉兰。牡丹居于下方，玉兰伸向高处，在尖端开出几朵小花。牡丹用笔细腻，黑中透红，叶子浓墨，为画面起到稳定的作用。玉兰则用笔简略，其花多用墨笔勾出三角。牡丹象征着富贵，玉兰象征着清高，喻意深刻。

张上舍盛夸亳州牡丹远过洛下因赋十绝以纪（选一）[①]

[清]朱昆田[②]

洛下家家种牡丹，欧阳小谱旧曾看[③]。
年年寂寞花王国，谯邑春风绽满阑[④]。

【难点疏通】

①亳州：今属安徽，位于皖西北边陲，黄淮平原南端。　②朱昆田(1652～1699)：字文盎，号西畯，秀水（今浙江嘉兴）人。清太学生，著名学者朱彝尊子。善书。博览群书，勤于著述。诗词独具风韵，人称“小朱十”，意指其诗才可与其父“朱十(彝尊)”媲美。著有《笛渔小稿》《三体摭韵》等。　③欧阳小谱：指欧阳修的《洛阳牡丹记》。　④谯邑：亳州的古称。

【诗义解说】

洛阳家家都栽种牡丹，欧阳修的牡丹谱以前曾经阅读。年年花开但又寂寞的花的王国，春风吹来谯邑的牡丹开满了园圃。

清·吴昌硕《牡丹佛手图》

图由下往上依次为佛手、秀石和牡丹。佛手和牡丹的叶子以及花架均用浓墨，牡丹花朵用色晕染，佛手勾边后填色。层次井然，色彩艳丽。上有作者题诗一首：“说法石点头，拈花佛微笑。春风拂虚座，有客发长啸。倚槛沉香亭，多事青莲召。”

陈丈朴庵招赏牡丹同人即席分赋得“明”字

[清]查升[1]

金谷何如蜀锦城[2]，放翁旧谱阅天彭[3]。
置身富贵何须早，到眼云霞觉倍明。
丁字帘前围蝶翅[4]，午时画里验猫睛[5]。
风流共忆清平调[6]，合座春光醉玉罂[7]。

【难点疏通】

①查升(1650～1707)：字仲韦，号声山，海宁（今属浙江）人。康熙二十七年(1688)进士，选翰林院庶吉士，授编修。入直南书房多年，累迁至少詹事。书法秀逸，小楷尤为精妙。时人称查升书法、查慎行诗、朱白恒画为“海宁三绝”。著有《淡远堂集》。　②锦城：指四川成都。因制锦出名，古称锦官城。　③“放翁”句：陆游曾著《天彭牡丹谱》。放翁，陆游的号。　④丁字帘：丁字形的卷帘。　⑤猫睛：即猫眼石，表面具有猫眼睛中所见的垂直闪光亮带。是著名的装饰宝石。　⑥清平调：指李白的诗《清平调》三首。　⑦玉罂（yīng）：玉制酒杯。

【诗义解说】

金谷园哪里比得上四川的锦官城，以前曾经看过陆游写的《天彭牡丹谱》。身享富贵哪里一定要很早，映入眼中的云霞感到十分光明。丁字帘前围绕着蝴蝶，午间在画里检验猫儿眼睛。一起回忆起李白写《清平调》的风流韵事，在春光里满座的人都大醉酩酊。

清·吴昌硕《牡丹奇石图》

图绘山石高耸如柱，下有两株牡丹。山石用墨色皴染，墨色浓重。牡丹花用胭脂点染，叶子先铺底色，再勾筋脉。右上角有“竹间水际多牡丹，六朝人语也”句，查“竹间水际多牡丹”句出自南朝诗人谢灵运的《谢康乐集》。据《酉阳杂俎》载：“牡丹前史中无考，惟谢灵运始言，永嘉竹间水际多牡丹。”

忆畅春园牡丹[①]

[清]爱新觉罗·玄烨[②]

晓雨疏疏薄洒，午风习习轻吹。
忽念畅春花事[③]，正当万朵开时。

【难点疏通】

①畅春园：位于北京海淀区，圆明园南，北京大学西。康熙有一半时间居住于此。后毁于英法联军和八国联军之手。　②爱新觉罗·玄烨(1654～1722)：即清圣祖，年号康熙。十六岁亲政后，下令削藩，平定三藩割据势力。后又统一台湾，继而出兵驱逐沙俄侵略军，巩固了清朝东北的边境，平定了准噶尔部的叛乱，加强了多民族国家的统一。　③花事：春日花盛之事。

【诗义解说】

清晨淅淅沥沥的小雨在轻轻地飘洒，午间的小风轻轻地吹来。忽然想到畅春园里的牡丹花，一定是千朵万朵正在盛开。

清·吴昌硕《贵寿无极图》

图绘红白牡丹分成上下两组，红牡丹在下，白牡丹在上，中间簇拥着两块山石。红牡丹用色直接染出，叶子有浓有淡，淡者用浓墨勾出筋脉。白牡丹纯用墨色，勾花染叶。中间山石，近者用浓墨勾边，远者用淡墨勾边，以分远近距离，然后再用淡墨擦染。石象征着长寿，牡丹象征着富贵，意境美好。

咏各色牡丹[①] [清]爱新觉罗·玄烨

碧蕊青霞压众芳[②]，檀心逐朵韫真香[③]。
花残又是一年事，莫遣春光放日长[④]。

【难点疏通】

①诗前有小序：“畅春园众花盛开，最为可观，惟牡丹清雅迥常，世所罕有，赋七言绝以记之。” ②碧蕊青霞：绿色的蕊青色的花瓣。此指绿牡丹。 ③韫：藏。 ④“莫遣”句：不要让春天的时间加长。意谓花残之后，就要等到来年，春天一长，就会影响来年观看。

【诗义解说】

绿色的蕊青色的花瓣超过所有的鲜花，每一朵的花心里都包蕴着真正的芳香。花落之后再看就要等到来年，请不要让春光随便加长。

清·吴昌硕《牡丹玉兰图》

图绘一通山石，前有牡丹，后有玉兰围绕。牡丹直立，玉兰虬曲多姿，山石稳重。白玉兰花中，点以红色花蕊，十分醒目。上有作者题诗一首：“堪插国色与天香，佳种移来自洛阳。写此名花赠妃子，风流端不让三郎。”

宴溪亭玩牡丹感旧歌者 [清]李崧[1]

去年清宴此花前，一串歌珠粒粒圆。
今日花前追往事，空留白发照婵娟[2]。

【难点疏通】

①李崧(1656～1736)：字静山，号芥轩，江苏无锡人，终生未仕。工花卉、芦雁。为人和蔼，淡于名利，隐居无锡之啸傲泾。年八十双目失明，仍口述歌词，令童孙记录。有《芥轩集》《浣香词》等。 ②照：面对。婵娟：此把牡丹比作美女。

【诗义解说】

去年在牡丹前有一次清雅的宴会，歌声像一串珍珠粒粒浑圆。今天在花前追忆往事，只剩下一头白发面对着娇娆的牡丹。

清·吴昌硕《大富贵大寿考图》

图绘瓶中插一枝牡丹，后有一山石耸立。花瓶简率，寥寥几笔勾出。牡丹花开一朵，配以几片绿叶，枝干用淡墨，以突出叶子的绿色。山石用笔粗犷，墨色浓重，寥寥几笔，上大下小，匠心独运。

毛氏园观牡丹

[清]黄子云[1]

十亩芳菲宅，名花最后看。
乍疑春欲翠，可爱露难干。
倚日自矜宠[2]，回风不受寒[3]。
药阑频徙倚[4]，吟望西阳残。

【难点疏通】

①黄子云(1691～1754)：字士龙，号野鸿。江苏昆山人。曾随徐征斋使琉球。少有俊才，诗名甚著，与吴嘉纪、徐兰、张锡祚合称“四大布衣”。有《四书质疑》《诗经评勘》《野鸿诗稿》《长吟阁诗集》等。 ②矜宠：炫耀所受的宠爱。 ③回风：回旋的风。 ④徙倚：徘徊。

【诗义解说】

有十亩鲜花环绕的宅院，最漂亮的花放到最后观看。乍看上去怀疑春天喝醉了酒，可爱的是露水还没有干。日光下炫耀着受到的宠爱，回风吹来没有感到严寒。在花圃边不断地走来走去，吟诗一直吟到日落西山。

清·吴昌硕《各色牡丹图》

图绘各色牡丹，争奇斗艳，好不热闹，而作者的一首题诗，却带有自嘲的味道。诗云：“寒酸一尉出无车，身闲乃画富贵花。燕支（胭脂）用尽少钱买，呼婢乞向邻家娃。”

牡丹图 [清]高其佩[1]

花溪老人辟门户[2]，
墨写花王绝今古。
我尝心摹更手追，
先生遣花向我舞。

【难点疏通】

①高其佩(1672～1734)，字韦之，号且园，又号南村，别号颇多。铁岭（今属辽宁）人。清先世自山东高密迁辽宁铁岭，隶汉军镶黄旗。指头画的创立者。艺术才华出众，能诗工画，所绘亭台楼阁、人物、花鸟、鱼虫等，笔墨精细，设色艳丽，精妙绝伦。 ②花溪老人：即周荃，字静香，号花溪老人，长洲（今江苏苏州）人。工书，善山水。辟：通“避”，躲避。

【诗义解说】

花溪老人把自己关在屋子里，用墨所绘的牡丹冠绝今古。我曾经心里琢磨又亲自摹写，先生派人送来鲜花在我面前起舞。

清·吴昌硕《菊花牡丹图》

尽人皆知，牡丹开在春末夏初，菊花开在深秋，时间相距很远，而作者却别开生面地把二者绘在一起，意在告诉人们，不要只贪图牡丹的富贵，还应有菊那种铮铮不屈的铁骨。因此作者题诗写道：“几番沉醉惹颜红，为有东离菊数丛。乱插满头归未晚，且开笑口对西风。”

牡丹图

[清]高其佩

也类胭脂画牡丹，画时日出已三竿。
原来花自扶桑国①，不许人家花月看。

【难点疏通】

①扶桑国：为日出之地。传说日出于扶桑之下，拂其树杪而升，因指日出之处。亦代指太阳。

【诗义解说】

也跟用胭脂画牡丹差不多，画的时候太阳已经升上三竿。原来这种花出自太阳升起的地方，因此不允许人们在月下观看。

清·吴昌硕《牡丹水仙图》

水仙取其“仙”字，牡丹取其富贵，山石取其长寿，三者结合在一起，便是“神仙贵寿”。这是作者送给人们的美好祝愿。图的下部水仙叶子浓绿，托着朵朵白花。上部牡丹浓艳，极具王者风范。淡墨染出山石，使得三者颜色和谐，艳而不俗。

牡丹 [清]华喦[1]

春阳丽融光，舒气滋万物。
晨风沃闲庭[2]，草芽蒙露发。

【难点疏通】

①华喦(1682～1762，一作1682～1756)：清著名画家。字秋岳，一字空尘，号新罗山人、白沙道人等。福建临汀人，侨寓扬州。工诗善画，山水、花鸟、人物皆精，尤以人物见长。善用粗笔、渴笔，所画花鸟、草虫和小动物，形象都自然逼真，活泼生动。 ②闲庭：宽阔的庭院。

【诗义解说】

春天的阳光暖意融融，散发的气息滋润着万物。早晨的清风吹拂着庭院，牡丹的嫩芽在露水中舒枝展叶。

清·吴昌硕《富贵神仙图》

作者吴昌硕善画牡丹，一生画了许多牡丹，求画者也多求牡丹，以取其富贵之意。每当人们来求牡丹之时，他都要提醒人们，牡丹虽好，但不结果实。这幅画绘牡丹、山石与水仙，取其长寿富贵之意，但他在题诗上又告诉人们：“国色天香绝世姿，开当谷雨得春迟。可悉富贵人争羡，未见名花结果时。”

锦绣牡丹图二首之二

[清]高凤翰[1]

牡丹画久伤右手，更遣左手尔奈何。
此生莫怪常贫贱，两手争抛富贵多[2]。

【难点疏通】

①高凤翰(1683～1749)：又名翰，字西园，号南村，又号南阜，晚号云阜，别号因地、因时、因病等四十多个，晚署南阜左手等。山东胶县城南三里河村人。 画家、书法家、篆刻家。山水纵逸不拘于法，纯以气胜。花卉亦奇逸得天趣。嗜砚，收藏至千余，皆自铭，大半手琢。究心篆刻，印宗秦汉，苍古朴茂。晚年右手残废，用左手作画。
②“两手”句：牡丹代表富贵，高凤翰一生画牡丹送人，因此说“抛富贵”。

【诗义解说】

画牡丹时间长了右手落下了残疾，再用左手来画你又能把我奈何。不要怪我这一生长处贫困，因为我的两只手抛弃的富贵太多。

清·吴昌硕《牡丹水仙图》

此画构图简单，一通山石，一束牡丹，一丛水仙，都悬在空中，大有向下倾倒之意，且有风从左向右吹来，用笔险峻。阅读此图，深感作者用意深远。

紫牡丹

[清]汪士慎[1]

一径香风扫绿苔，魏家粉本正全开[2]。
人间巾帼谁堪似[3]？安得真妃赐紫来[4]？

【难点疏通】

①汪士慎(1686～1759)：清代著名画家。字近人，号巢林、溪东外史等。安徽休宁人，寓居扬州。在诗、书、画、印诸方面皆有很高的成就。擅画花卉，随意勾点，清妙多姿。精画兰竹，尤擅长画梅，笔致疏落，超然出尘，笔意幽秀，气清而神腴，墨淡而趣足，其秀润恬静之致，令人争重。为“扬州八怪”之一。　②粉本：古代绘画施粉上样的稿本。此指牡丹花。　③巾帼：古代妇女的头巾和发饰，代指妇女。　④真妃：即杨贵妃。因杨曾为女道士，号太真，故称。

【诗义解说】

香风从小路上吹来扫着绿色的青苔，小园里的魏家花正在盛开。正在盛开的花朵跟哪位美女相似？怎样才能让真妃为赐紫色而来？

清·吴昌硕《牡丹图》

这是一幅从画工、技法到意境都十分完美的画，而作者的一段题记却引人深思：“谢康乐言永嘉水际多牡丹，彼时当不以为重，至唐开元中始盛，至今沿之。予谓有色无香，大似不通文墨美人尊为花王，贮之琼台金屋，饶俸太过。”此段话，也可作为牡丹小史来读。

魏紫姚黄轶图

[清]李鱓[1]

李生七十白发翁[2]，不拈粉白间脂红。
洛阳一片春消息，尽在浓烟淡墨中。
空钩却是连香白[3]，魏紫姚红浅淡中。
多少兰花空谷里，墨浓如漆是深红。

【难点疏通】

①李鱓(1686～1762)：清代著名画家，字宗扬，号复堂，别号懊道人、墨磨人等，“扬州八怪”之一，江苏省兴化县（今兴化市）人。工笔画造诣颇深，中年画风变化，转入粗笔写意，大胆泼辣，挥洒自如，感情充沛，富有气势。其作品对晚清花鸟画有较大影响。　②李生：作者自指。　③空钩：虚构。

【诗义解说】

李生年已七十成了白发老翁，不接触粉白也不用脂红。表现洛阳的一片春天消息，都在浓淡的墨色之中。虚构的是连着香气的白色，魏紫姚黄也都用浅淡的颜色绘成。有多少空谷里的幽兰，浓墨如漆那就代表了深红。

清·吴昌硕《富贵吉翔图》

图绘牡丹数枝，在绿叶的衬托下，有的已经盛开，有的半开，有的含苞待放。淡墨染叶，再用浓墨勾出筋脉，还有极淡的墨绘的花枝，拉开了空间距离，使得画面丰富多彩，艳丽不俗。

牡丹

[清]尤秉元①

洛阳花谱几番新，烂漫欣看谷雨辰。
晚出遂超群品上，才开便是十分春。
倚栏妆重愁无力，绕幕香浓欲醉人。
千载沉香遗迹在②，谁将绝调写风神③？

【难点疏通】

①尤秉元：字昭嗣，长洲（今江苏苏州）人。康熙甲午举人，官乐至（今属四川）知县。为人坦诚，及到官任，民安政肃，离开后百姓深为思念。诗有唐诗风格。 ②沉香遗迹：指唐兴庆宫沉香亭，李白在此为杨贵妃写《清平调》三首。 ③绝调：绝妙的诗文。

【诗义解说】

洛阳的花谱已经更新了几次，谷雨时节花开烂漫给人们带来欢欣。牡丹开花虽晚却在百花之上，刚一盛开就表现出了无限春景。花朵太重倚着栏杆显得有些无力，浓浓的香气绕着帷幕让人有些醉意朦胧。千年来沉香亭的遗迹依然还在，谁能用最好的诗篇写出它的精神？

清·吴昌硕《墨牡丹图》

看惯了吴昌硕的浓墨重彩绘画，再看这幅纯用墨绘出的牡丹，大有清水出芙蓉之感。几株牡丹直立，枝头花朵盛开，一枝弯腰向下，使得画面形态丰富。花朵中心墨色浓重，外围淡染，使之在一片墨色中，仍不失它那种国色天香的王者风范。

牡丹 [清]张锡祚[1]

深院东风入，开帘香气清。
名花愁采摘，独立殿残春。
格贵谁求价[2]，庭空欲避人。
玉台今寂寞[3]，对尔觉伤神。

【难点疏通】

①张锡祚(1672～1724)：又名永夫，字偕行，江苏苏州木渎人，生活贫苦，为人高洁，气节高尚，诗才横溢，与盛锦、黄子云、沈盘同称“灵岩四诗人”。后来穷饿而死，其墓葬灵岩山下（即“再来人墓”）。有《啖蔗轩诗》《锄茅遗稿》。 ②格贵：价高。③玉台：汉代的台名。后泛指宫中的台殿。

【诗义解说】

东风吹进了深深的庭院，打开帘子清新的香气传进屋中。名贵的花朵让人犯愁的是很难采摘，春天将尽独自生长在宫殿的角落。价格太高谁肯花钱来买，庭院空旷好像在躲避着人。玉台到了今天已经荒凉寂寞，面对牡丹感到心情很是不顺。

清·颜岳《花鸟图册·牡丹》

颜岳，生卒年不详，江苏扬州人。善画花鸟、山水。用笔工整细腻。传世作品甚少。此花鸟图册共十二开，此处所选为牡丹一开。图上绘有折枝牡丹二枝，一为含苞，一为盛开，花用淡墨勾出，用丹、铅二色晕染，叶以浓墨勾筋，线条圆润，疏密有致。

题自画牡丹

[清]朱槷①

江东妙句落毫端②，红蕊当心一抹檀③。
我已浮云轻富贵，不应更写此花看。

【难点疏通】

①朱槷：字巍成，号海樵，又号岑庵，浙江海宁人。雍正二年(1724)进士，官顺天永清知县。清代画家、书法家、诗人。著有《海樵题画诗》。　②江东：泛指长江下游地区的南岸。　③檀：指檀香。

【诗义解说】

在江东写的妙句落在了纸上，红蕊当中散发出一缕清香。我已经把富贵看得跟浮云一样，就不应该再画这种花给别人收藏。

清·马逸《国色天香图》

马逸，生卒年不详，清代画家，画家马元驭之子。江苏常熟人。工花卉，亦画鱼，师承蒋廷锡。此图所绘牡丹争奇斗艳，雍容华贵。有白有红有粉，亦有半开花朵，倚在一块湖石旁。石下有兰花一丛，叶具有流线美，白花素雅可爱，与艳丽的牡丹形成鲜明的对比。湖石积墨与淡墨晕染相结合，造型怪异而不失典雅。

牡丹

[清]边连宝[1]

既貌隐逸态[2]，何必避富贵。
妙于台阁间[3]，仍带烟霞气[4]。

【难点疏通】

①边连宝(1700～1773)：字赵珍，后更肇畛，号随园，晚年自号茗禅居士。直隶任丘（今属河北）边各庄村人。清代中叶著名学者、文学家、诗人，性情耿介，不依阿流俗，精通经、史、子、集，著有《随园诗草》。与纪晓岚、刘炳、戈岱、李中简、边继祖、戈涛并称“瀛州七子”。 ②既貌：形貌已经有。 ③台阁：尚书省的别称。也泛指官府。 ④烟霞：泛指山水风光。也指隐士居住的地方。

【诗义解说】

既然形象已经有了隐逸的样子，那就何必要躲避所谓的富贵。奇妙的是生长在台阁之间，仍然带着山林幽静的样子。

清·张熊《花卉图册·牡丹》

张熊(1803～1866)，浙江嘉兴人，寓居上海。工花卉、翎毛，兼能人物、山水及篆刻，与任熊、朱熊合称“沪上三熊”。此图册共八开，此处所选为牡丹一开。图绘一折枝白牡丹，枝干弯成弧形，似以巨大的花朵迎着吹来的狂风，坚强不屈。另有一枝红菊与之相互辉映。构图虽然简单，但韵味无穷。

牡丹

[清]边寿民[1]

一池墨汁貌花王，不辨花香与墨香。
最忆前年好清兴[2]，写生十日住谁庄？

【难点疏通】

①边寿民(1684～1752)：原名维祺，字寿民，后字颐公、渐生、苇间居士等，清代江苏山阳（今淮安）人。以善画芦雁名闻海内。又善以淡墨干笔皴擦小品，更为佳妙。工诗词，精书法。和郑板桥、金农等人齐名。 ②清兴：清雅的兴致。

【诗义解说】

一池的墨汁就像花王牡丹，分辨不清是花的清香还是墨的清香。最让人经常回忆起来的是前年的那种雅兴，到外面写生十天当时住在哪个村庄？

清·齐白石《牡丹图》

齐白石(1863～1957)，现代杰出画家，书法家，篆刻家。原名齐璜，纯芝，字渭青、号白石、寄萍老人等。湖南湘潭人。十二岁学粗木工，后做雕花木匠，兼习画。亦习诗文、书法、篆刻。六十岁后定居北京，以卖画、刻印为生。诗文、画论也有独到之处。曾任中国文联主席团委员，美术家协会主席。1953年文化部授予“人民艺术家”称号。图绘一枝双朵牡丹，花朵颜色鲜红，叶子浓绿。一只蝴蝶翩翩飞来，似有缕缕香气从画面传出。

牡丹将开作布幔护之戏题 [清]赵翼①

老去风情尚易撩②，护花心力费连朝③。
一拥布幔当金屋④，惭愧书生贮阿娇⑤。

【难点疏通】

①赵翼(1727～1814)：字云崧，一字耘崧，号瓯北，晚号三半老人，江苏阳湖（今江苏省常州市）人。清初著名文学家、史学家。乾隆二十六年(1761)进士。官至贵西兵备道。旋辞官，主讲安定书院。长于史学。论诗重性灵，主创新。反对明代前、后七子的复古倾向。其诗以五言古诗最有特色。著有《廿二史札记》《瓯北诗钞》《瓯北诗话》等。 ②撩：引起。 ③连朝：一天天。 ④金屋：汉武帝小时，馆陶长公主刘指着阿娇问："阿骄好不？"他说："若娶阿娇，当金屋贮之。"此用阿娇指牡丹。 ⑤惭愧：难得、侥幸。

【诗义解说】

虽然年事已高爱花的心情仍然容易被撩起，爱护鲜花费尽心力天天贪黑起早。用布幔围起来当成金屋，难得的是书生也因爱惜而贮存阿娇。

清·齐白石《牡丹花瓶图》

图绘瓶中插着两枝牡丹，花色艳丽，花瓣清晰，层次井然，黑色点花蕊，格外醒目。叶子有的下垂，有的直立，富于变化。花瓶用笔简略，十分清秀。取瓶的谐音"平"，寓意富贵平安。

牡丹三十二首之四

[清]张淮[1]

酷爱园丁技独神，染来随意却能真。
奇香满院若薰麝[2]，娇影隔帘如觇人[3]。
三五朵皆呈绝色，百千花尽避清尘。
有因自与东风好，不肯吹残枝上春。

【难点疏通】

①张淮(1758～1822)：字泉如，号桐山，晚号太平黎民，浙江嘉兴竹里人。诗人、书画家。诗文宏畅，楷书法颜真卿，写墨兰离披潇洒，尤饶韵致。著有《小梅花屋诗稿》。 ②薰：一种香草。 ③觇：偷偷地察看。

【诗义解说】

特别喜欢园丁的技术传神，随便渲染就能够乱真。奇特的香味充满庭院就像薰草和麝香，娇柔的影子隔着帘子好像在偷偷地看人。三朵五朵都是绝无仅有的颜色，千朵万朵都避开了细小的灰尘。因为牡丹与东风有一种特殊的感情，所以不肯吹落枝头上的春景。

清·齐白石《富贵太平图》

图绘花瓶极具特色，淡墨勾出轮廓，浓墨绘一条生动活泼的蛟龙，与瓶上插着的牡丹交相辉映。花朵昂首挺立，突显王者风范。绿叶披拂。下方还绘有一串鞭炮，两个双响，正等着向人们报告富贵太平的生活。

牡丹三十二首之十九 [清]张淮

十分霞艳十分神，万种风流万种真。
此日既专天下美，前身应是月中人。
对君纵酒杯倾绿，废我题诗研积尘。
胡蝶只疑韩寿化①，飞来偷扑异香春。

【难点疏通】

①韩寿：三国魏人，美姿容。曾任司空掾。贾充少女贾午一见倾心，暗中偷情，并赠以奇香。僚属把此事告诉贾充。贾充拷问女儿的侍女，侍女告以实情。贾充无奈，便把女儿嫁给韩寿。这里指牡丹的花香。

【诗义解说】

十分艳丽又十分传神，十分风流又十分纯真。开的时候占尽了天下的美艳，它的前身一定是明月中人。和朋友一起倾饮绿色酒浆，耽误了我题写诗句研台上积满了灰尘。蝴蝶只以为是韩寿的化身，飞过来偷偷扑向奇特的香魂。

清·齐白石《清平富贵图》

这是一幅墨牡丹。牡丹花用墨染出，中间墨色浓重，外围颜色转淡。浓绿的叶子或下垂，或上扬。这枝牡丹插在一个秀气的花瓶里，花瓶下部浑圆，脖子颀长，更托起了牡丹的高大，构思巧妙。

牡丹卷子二首之二[1]

[清]张问陶[2]

簇起深红倚玉栏[3]，一生开落不知寒。
金花笺写清平乐[4]，谁道诗人际遇难[5]？

【难点疏通】

①卷子：画卷。　②张问陶(1764～1814)：字仲治，号船山，四川遂宁人。乾隆进士，授检讨，官莱州知府。论诗主张抒写性情，反对模拟，所作为袁枚所赞扬。作品多表现日常生活，情调流于感伤。并能书画。著有《船山诗草》。　③簇起：堆起。　④金花笺：一种绘有金花的书笺。清平乐：指李白的《清平调》三首。　⑤际遇：遭际，处境。

【诗义解说】

堆起深红的花朵倚在玉色栏杆，一生的花开花落都不知道严寒。用金花笺来书写清平调，谁能说诗人的处境艰难？

清·齐白石《牡丹图》

图绘一枝牡丹直立向上，迎风盛开。右侧另有一枝，从底部出枝杈，一枝笔直向上，托出一朵蓓蕾，高出盛开的花朵。另一枝斜向左侧，打破了画面的板直。枝干时用浓墨，时用干墨，可见飞白。

题椒畦牡丹小幅[1]

[清]张问陶

色娇香重费支持，斜倚浓香笑一枝。
莫羡此花真富贵，有人为画欲残时。

【难点疏通】

①椒畦：清代画家王学浩(1754～1831)的号。江苏昆山人。乾隆五十一年(1786)举人。为画结体精微，笔力苍古。中年兼涉写生，赋色极澹。晚年专用破笔，雄浑苍老，脱尽窠臼，画格为之一变。亦工各体书法。

【诗义解说】

颜色娇美香气浓重让人难以承受，斜向伸出正在盛开的一枝。不要羡慕这种花是真正的富贵，有人专门画它快要凋落的时候。

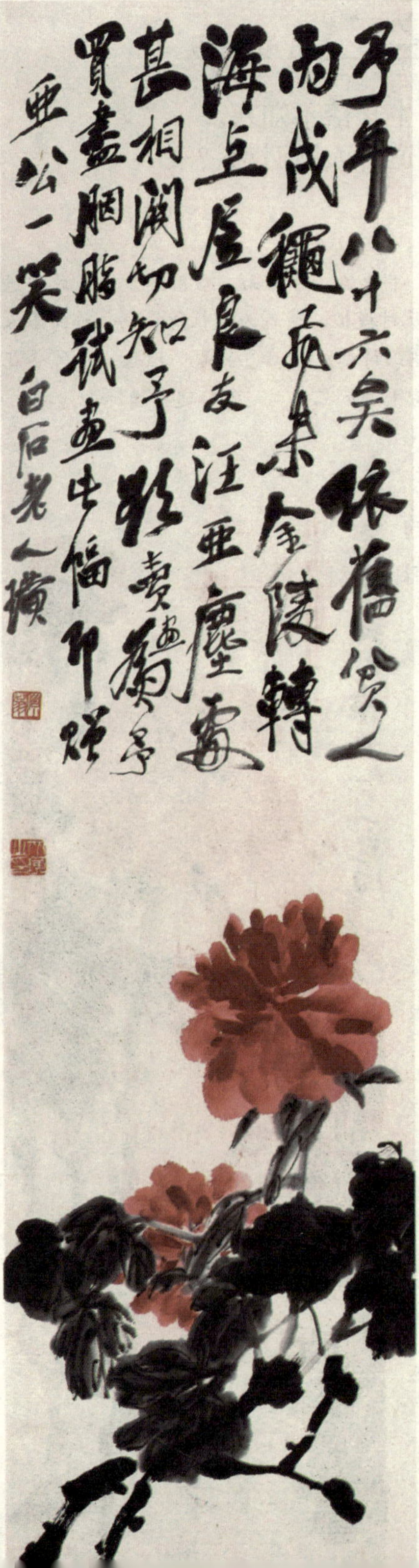

清·齐白石《牡丹图》

此图画面占三分之一，题记占三分二，题记记述了创作这幅画的缘由：“予年八十六矣，依旧贫人。丙戌秋飞来金陵，转海上，居良友汪亚尘处，甚相关切。知予靠卖画，为予买尽胭脂，试画此幅即赠。亚公一哭。”

牡丹

[清]舒位①

赏花取次惜花残②，富贵神仙事渺漫。
不及梦中传彩笔③，尚能留到子孙看。

【难点疏通】

①舒位(1765～1816)：清代诗人及戏曲家。字立人，号铁云，小字犀禅。祖籍直隶大兴（今属北京市），生长于吴县（今江苏苏州）。乾隆戊申(1788)恩科举人，会试落第，居京师时，作戏曲，礼亲王爱其才，辄以作品付家乐演习，并给以润笔。一生坎坷，家境贫寒。博学，善书画，尤工诗，书法各体皆工。诗与王昙、孙原湘齐名，有“三君”之称。 ②取次：谓次第，一个挨一个地。 ③梦中传彩笔：相传南朝诗人江淹，梦见神人送他一枝闪着五彩光芒的笔，从此文思泉涌，成一代文章魁首。人称“梦笔生花”。

【诗义解说】

一个挨一个地欣赏鲜花怕的是花朵凋残，说到富贵以及神仙的事都很渺茫。赶不上在梦中有神仙送支彩笔，还可以把文章留给子孙欣赏。

清·齐白石《风牡丹图》

这是一幅极为传神的牡丹。从叶子的动向看，有很强的风从左侧吹来，但花朵仍昂首向上，迎风而立，一种不屈的精神跃然纸上。花朵用胭脂晕染，用墨点出花蕊。叶子先用淡绿铺出底色，再勾叶脉。整幅画意韵不凡。

题自画牡丹 [清]宗室县君[1]

风风雨雨惜春残，为爱名花倚画栏，
淡着胭脂浓着墨，一枝图向画中看。

【难点疏通】

①宗室县君：爱新觉罗氏安郡王岳乐女孙，固山贝子红兰主人蕴端女，总督、谥悫勤那苏图子妇。幼承家学，工写花卉，善诗。

【诗义解说】

风吹雨打可惜的是春天就要过去，因为喜爱名花长时间倚着栏杆。淡淡地涂上胭脂浓浓地染上墨汁，绘出一枝牡丹在画里观看。

现代·齐白石《读书出富贵图》

这幅画让我们想起了“书中自有黄金屋，书中自有颜如玉”的古诗。图绘一折枝牡丹，花下有展开的书卷，还有鞭炮等物，寓意为富贵从读书中来，通过读书获得富贵，才是值得祝贺的事，应该放鞭炮。

家园白牡丹 [清]章有湘[1]

天风昨夜曳仙裙，缥缈高台一段云。
好共海棠春睡足，不将浓艳嫁东君[2]。

【难点疏通】

①章有湘(? ～1672)：女，字玉筐，一字令仪，号竹隐，华亭（今上海市）人，出身书香世家。受家学熏陶，自幼就喜爱文学，尤钟情于诗词，与姐瑞麟、妹玉璜、回澜、掌珠并擅才名。嫁桐城才子孙中麟为妻。 ②东君：司春之神。

【诗义解说】

天风昨天夜晚吹起了仙人的衣裙，隐隐约约好像高台上的一片云。喜欢跟海棠一起在春天里美美地睡上一觉，不肯把自己的浓艳嫁给司春之神。

清·齐白石《牡丹蜜蜂图》

此图所绘为牡丹的名贵品种绿牡丹。两朵绿牡丹昂首挺立，顾盼生姿。浓绿的叶子低垂，更突显出了花的高贵。下部还有正在露出花苞的嫩枝，已现出点点红色。上部空白处的三只蜜蜂很有特色，先用墨点，再补上头尾，浑然天成。

绿牡丹和韵

[清]吴巽[1]

平台冉冉黛初匀[2]，不逐邻园斗丽春。
金谷荒凉成往事，风前犹想坠楼人[3]。

【难点疏通】

①吴巽：女，字道娴，浙江嘉兴人。郑联的妻室。《听鸿楼诗稿》卷三附《二分明月阁词》中收她的诗七首。 ②冉冉：慢慢地。黛：青黑色。③坠楼人：指绿珠。为西晋石崇的宠妾。石崇因事被杀，绿珠坠楼而死。这里用绿珠比喻绿牡丹。

【诗义解说】

平台上绿牡丹渐渐长得均匀，不跟旁边园子里的花争夺美丽。荒凉的金谷园已经成了往事，在风前仍然想到那位坠楼的美女绿珠。

现代·齐白石《牡丹图》

三朵鲜艳的牡丹占据了显著位置，上两朵距离接近，另一朵较远，三点一线，布局合理。叶子和枝干均用浓重的墨色，严肃而稳重，以衬花朵的美丽。

立夏后一日长椿寺牡丹初开漫题 [近代]祁寯藻[1]

纵无风雨晓犹寒[2]，尚有芦棚护曲栏。
培植一年开十日，人间富贵作花看。

【难点疏通】

①祁寯藻(1793～1866)：字叔颖，一字实甫，号春浦，晚号观斋，山西寿阳人。嘉庆十九年(1814)进士，授编修，历任江苏学政、内阁学士、户部尚书、体仁阁大学士等职。提倡朴学，工诗词古文，嘉道诗坛领袖，书法亦一代宗师。著有《马首农言》《祁大夫字说》等。 ②纵：纵然，即使。

【诗义解说】

即使没有风雨早晨也有些寒冷，好在还有芦棚保护花坛。培植了一年仅仅开放十天，人间的富贵只能当作花来观看。

现代·齐白石《大富贵图》

这幅《大富贵》与另一幅《大富贵》不同的是，这幅画上的牡丹更加艳丽，叶子更加浓绿，用笔用墨更加豪放，并且有一只蜜蜂向花朵飞来，为整个画面增加了动感，让人感到了花朵的香气。

牡丹二首之一

[近代]周闲[1]

沉香亭畔昔曾过，消夏春光上苑多[2]。
看我清贫成乐府，君王上寿贵妃歌[3]。

【难点疏通】

①周闲(1820～1875)：字存伯，一字小园，号范湖居士，浙江秀水（今嘉兴）人，后侨上海。同治初官新阳令，与上司不和，辞官而去。善画花卉，尤工篆刻。性简傲，喜远游。著有《范湖草堂诗文稿题画诗》。 ②上苑：即上林苑，汉武帝于建元二年(前138)在秦代一个旧苑址上扩建而成的宫苑，规模宏伟，宫室众多，有多种功能和游乐内容。今已无存。 ③上寿：祝寿。

【诗义解说】

我曾经从沉香亭边走过，消夏最好的景色还是上苑里多。因为我生活清贫只能写写诗歌，哪里比得上为君王祝寿有贵妃唱歌。

现代·齐白石《牡丹图》

这本来是一幅被扔进垃圾堆的画，因被其孩子抢救而出，才得以存世。画上的题记说明了这一情况：“此弃物，良止爱之，求写‘华’字以存。予喜良止能爱父之弃纸一片，即书‘华’字不负。”

题同年张幼函庶常所画牡丹 [近代]林寿图[1]

春满枝头百鸟哗，玉堂风日剧清华[2]。
如何纸上浮云意，抹尽人间富贵花[3]？

【难点疏通】

①林寿图(1809～1885)：初名英奇，字恭三、颖叔，别署黄鹄山人，闽县（今福州市区）人。道光二十五年(1845)进士，累官工部主事、帮办总章京、实录馆收掌、纂修、协修兼提调、礼部给事中、山西布政使等。晚年以讲学为务。工诗，富藏书。②清华：清丽华美。 ③抹：绘。

【诗义解说】

春意挂满了枝头百鸟喧哗，微风从玉堂吹过十分的清丽华妍。为什么把富贵看得跟天上的浮云一样，却在纸上画尽了号称人间富贵的牡丹？

现代·齐白石《盛开牡丹图》

图绘牡丹一朵，中心部位色彩厚重，向外则逐渐淡化，用墨点花蕊。所绘叶子别具特色，因用色较淡，因此勾出的筋脉十分突出。还有几根嫩枝枝头刚刚吐出红色，看来不久就会开出艳丽的花朵。

与羲初慧福寺看牡丹

[近代]蒋超伯[1]

慧福牡丹开正浓，新妆笑靥媚春风[2]。
楸花亦好无人爱[3]，两树亭亭夕阳中。

【难点疏通】

①蒋超伯(1817？～1871？)：字叔起，江都（今江苏扬州）人。道光二十五年(1845)进士，咸丰七年(1857)十月由刑部主事入直，官广东候补道。有《通斋集》等著作多种。　②笑靥(yè)：笑时脸上露出的酒窝。靥，酒窝儿，嘴两旁的小圆窝儿。　③楸：落叶乔木，干高叶大，夏天开黄绿色细花。木材质地致密，可做器具。

【诗义解说】

慧福寺里的牡丹开得正盛，新开的花朵露出笑靥舞动于春风。楸树开花也很好看但没人喜欢，两株高大的树木孤独地立在夕阳之中。

清·齐白石《牡丹双禽图》

图绘围栏里牡丹盛开，其后有一通壁立的山石，山石上落着两只秀丽的小鸟。浓墨染出山石，厚重有力。深红绘出小鸟，长尾飘逸而下，与红色牡丹相呼应。小鸟的翎毛十分潇洒，神态生动而传神。

四月下旬过崇效寺访牡丹花已残损 [近代]张之洞[1]

一夜狂风国艳残，东皇应是护持难。
不堪重读元舆赋[2]，如咽如悲只自看。

【难点疏通】

①张之洞(1837～1909)：字孝达，号香涛、香岩，又号壹公、无竞居士，晚年自号抱冰。清代直隶南皮(今属河北)人，洋务派代表人物之一，官至两广总督。与曾国藩、李鸿章、左宗棠并称晚清“四大名臣”。

②元舆赋：即舒元舆的《牡丹赋》。舒元舆(791～835)，唐文宗时曾任宰相。所著《牡丹赋》一篇，时称其工，一日，文宗绕栏微吟，为之泣下。

【诗义解说】

一夜狂风把绝艳的牡丹吹得七零八落，东皇想要保护应该很难。无法忍受的是又重读了一遍舒元舆的《牡丹赋》，有些哽咽有些悲伤只能自己来看。

现代·齐白石《牡丹喜鹊图》

牡丹的叶子因风纷纷倒向左侧，而花朵从叶中挺出，昂首而立。淡墨渲染出的山石上落着一只喜鹊，正低头观看着牡丹花，神态专注。上有作者题词曰：“可笑春风还用意，入窗犹向画中吹。”

辛丑花朝日读十五年前花埭看牡丹词 [近代]康有为[1]

十五年前事，凄凉看牡丹。
繁花久零落，吾道属艰难。
帘幕低垂寂，楼台独立寒。
酒阑灯灺后[2]，何法把心安？

【难点疏通】

①康有为(1858～1927)：又名祖诒，字广厦，号长素，又明夷、更甡、西樵山人、游存叟、天游化人等，晚年别署天游化人，广东南海人，人称“康南海”，清光绪年间进士，官授工部主事。出身仕宦家庭，世代为儒，以理学传家。近代著名政治家、思想家、社会改革家、书法家和学者。戊戌变法的领导者之一。主要著作有《康子篇》《新学伪经考》等。 ②酒阑：酒宴结束。灺(xiè)：残烛。

【诗义解说】

想起了十五年前的旧事，一个人凄凄凉凉地观赏牡丹。盛开的鲜花早已经凋落，我要走的道路仍然很艰难。帘幕低垂周围一片寂寞，一个人站在楼台上感到了天寒。酒宴已散灯火灭了以后，还有什么办法让内心平安？

现代·齐白石《大富贵图》

图绘一折枝牡丹，花开一朵，绿叶披拂。上署“大富贵，九十三岁白石”。前有杨新的题记：“白石老人牡丹图真迹。”后有齐白石小女齐良芷的题记：“此牡丹图乃先父之真迹。白石小女齐良芷七十五岁记。”

分种牡丹

[近代]杨惺惺[1]

余杭带得牡丹归[2]，栽向墙阴土力肥。
怪底红颜称绝色[3]，由来花好子应稀。

【难点疏通】

①杨惺惺：字柳枝，江西德化人。著有《吟香摘蠹集》。 ②余杭：今浙江杭州市。 ③怪底：奇怪的是。

【诗义解说】

从余杭带回来一个牡丹品种，栽到墙角土壤肥沃的地方。奇怪的是颜色可以称得上天下无双，可从来花开得好看结子的能力却不强。

现代·于非闇《牡丹麻雀图》

于非闇(1889～1959)，原名于照，字非厂，别署非闇，又号闲人、闻人、老非，山东蓬莱人。1935年起专攻工笔花鸟画，任职于故宫古物陈列所，临摹、研究了大量古代绘画，打下了较深的传统根基。1936年在北平中山公园举办首次个人画展。1949年后任中央民族美术研究所研究员。图绘一株树上开着两朵牡丹，一盛开一半开，花朵鲜红，叶子浓绿，十分鲜艳。一枯枝上落着两只麻雀，为画面带来一股活力。

棘里牡丹

[近代]疏铎鸣[1]

名花顷国发幽香，棘里风流呈艳妆。
几度游人曾勒马，碍难下手摘其芳。

【难点疏通】

①疏铎鸣：字方中，号寅春，别号莲溪钓叟，浙江省青田县石溪乡人。太学生。著有《浮山游草》《冤吾子解闷章》《莲溪诗抄》等。

【诗义解说】

首屈一指的名花发出清幽的香气，生长在荆棘里风流依然艳丽无双。好几次路过的行人都把马勒住，但碍于荆棘无法下手摘得花王。

现代·于非闇《牡丹蜂雀图》

此图所绘牡丹气势磅礴，下不见根，上不见顶，左右破出画面。花朵有的鲜红，有的洁白，有的白中带红，在浓绿的叶子衬托下，显得格外艳丽。下有五只麻雀，三只落在枝干上，另两只正在飞来，为画面增添了活力。又有几只蜜蜂正向花朵飞来，似乎让人嗅到了浓浓的香气。